公元 787 年，唐封疆大吏马总集诸子精华，编著成《意林》一书 6 卷，流传至今

意林：始于公元 787 年，距今 1200 余年

意林®

一则故事　改变一生

以梦为马，一路追光

意林

果味青春馆

《意林》图书部◆编

吉林摄影出版社
·长春·

果味青春馆3

图书在版编目（CIP）数据

以梦为马，一路追光 /《意林》图书部编. -- 长春:吉林摄影出版社, 2019.11
（意林果味青春馆）
ISBN 978-7-5498-4313-8

Ⅰ.①以… Ⅱ.①意… Ⅲ.①散文集—中国—当代Ⅳ.①I267

中国版本图书馆CIP数据核字(2019)第209680号

以梦为马，一路追光 YI MENG WEI MA , YI LU ZHUI GUANG

出版人 孙洪军
主　编 杜普洲
责任编辑 吴　晶
总策划 徐　晶
策划编辑 吴珊珊
封面设计 资　源
封面供图 官官an
美术编辑 刘海燕
发行总监 王俊杰
开　本 889mm×1194mm　1/16
字　数 220千字
印　张 8
版　次 2019年11月第1版

印　次 2019年11月第1次印刷
出　版 吉林摄影出版社
发　行 吉林摄影出版社
地　址 长春市净月高新技术产业开发区
福祉大路龙腾国际大厦A座17楼
邮　编 130117
电　话 总编办：0431-81629821
发行科：0431-81629829
网　址 www.jlsycbs.net
经　销 全国各地新华书店
印　刷 北京中科印刷有限公司
书　号 ISBN 978-7-5498-4313-8
定　价 26.00元

启　事

本书编选时参阅了部分报刊和著作，我们未能与部分作品的文字作者、漫画作者以及插画作者取得联系，在此深表歉意。请各位作者见到本书后及时与我们联系，以便按国家相关规定支付稿酬及赠送样书。

地址：北京市朝阳区南磨房路37号华腾北搪商务大厦1501室《意林》图书部（100022）

电话：010-51908630转8013

以梦为马，一路追光

目 录

CONTENTS

花样青春

成长路标

暖剧场

多彩联谊会

阅读阅美

陪你读书

新知探索

微时代

在天晴了的时候

文/戴望舒

在天晴了的时候，
该到小径中去走走：
给雨润过的泥路，
一定是凉爽又温柔；
炫耀着新绿的小草，
已一下子洗净了尘垢；
不再胆怯的小白菊，
慢慢地抬起它们的头，
试试寒，试试暖，
然后一瓣瓣地绽透；
抖去水珠的凤蝶儿
在木叶间自在闲游，
把它的饰彩的智慧书页
曝着阳光一开一收。
到小径中去走走吧，
在天晴了的时候：
赤着脚，携着手，
踏着新泥，涉过溪流。
新阳推开了阴霾，
溪水在温风中晕皱，
看山间移动的暗绿——
云的脚迹——它也在闲游。

谢谢您，一路伴我荆棘花开

文／金烨琳

从我出生的那一刻起，您便时时刻刻陪伴在我身旁。小时候的我，没有爸爸妈妈的陪伴。看着别家小孩幸福地挽着父母亲的手臂撒娇，我心里就涌起阵阵酸涩。那时，我总会拉着您的手，问您：“奶奶，为什么别人都有爸爸妈妈，我没有？”您总会用您布满老茧的大手轻柔地摸摸我的脑袋：“傻孩子，你不是没有爸爸妈妈，是他们没空管你啊。”我虽然很不情愿，但还是接受了现实。

我一出生，就患有先天性漏斗胸的疾病，丑陋异常。五岁那年，我与爸爸妈妈前往大城市上海接受手术治疗。那时在上海，我天天都要抽血、输液，可我又是一个胆小怕疼的孩子。每晚，我都哭着给您打电话，抱怨一天的折磨。但您听完后，总是用温柔的嗓音告诉我要坚强。您的话犹如一针定心剂，让我马上止住了哭泣。那时候，您总是和我说，做人要靠自己，谁都是靠不住的。我懵懵懂懂，不甚明白。但我知道，您的话，一定是对的。

我是一个兴趣爱好超级多的人。以前，我总是嚷嚷着要学这个、学那个。您总是皱着眉头说不行，可还是默默在培训班里给我报了名。

还记得有一次学吉他的时候，我怎么也弹不好和弦，弹出来的声音叽叽喳喳的，十分难听，可是您却一直鼓励我，让我重拾信心。哪怕是在家里经济条件最困难的时候，您也依然尊重我的爱好，给我以最大的支持和鼓励。

还记得您常常对我说的两个字便是“抓紧”。不管我是在写作业，还是在练琴，您总爱把这两个字挂在嘴边。但我却常常嫌您烦，一下子冲进自己房间，“砰”地一下关上门，常常惹您不快。

青春期到来了，我的叛逆情绪也渐渐显现，以往看来微不足道的小事，现在却要和您吵几句嘴才好。您的年纪大了，也渐渐变得喜欢唠叨这唠叨那。您嘴里成天嘟囔的是别人家的孩子，令我十分心烦。

您有时和我吵架，会说“我再也不管你了”。可我是一个极其害怕孤独的人，我怕您真的不再管我，于是我就乖乖向您道歉。这个方法真是“屡试不爽”。想想那个时候，真是有点后悔，您无怨无悔地为我好，我却不感恩，真真是不懂事呀。

您常责备我讲话难听，其实我只是有些“羞于”说关心人的话罢了。我的内心永远是依赖您的那个小孩。

一直以来，爸爸很让您操心。以前，爸爸总是没日没夜地喝酒，您也为他操碎了心。因为酒，爸爸不止一次地进了医院，而且出院之后仍是不知改正，病情也随之加重。

有一次，爸爸因为肝和肺都出了问题，在姑姑和姑父的陪同下去杭州求医。可是杭州的医院换了一家又一家都不肯收，您急得一整晚没有合眼，直到浙一医院表示可以给爸爸一个床位时，您才舒了一口气。

在我的印象里，您一直是一个坚强的人，但自从爸爸变成了这副模样之后，您便在房间里偷偷地流泪。当我问起家里的开支的时候，您也只是说：“小孩子不要管这个，好好读书就行。”我知道爸爸的病花了家里很多很多的钱，但您不肯告诉我，不愿让我学习分心。

您总是独自默默承受着压力，为这个家付出了很多很多。

奶奶，我想对您说一声，谢谢您，这么多年来默默支持着我，包容着我的缺点，忍受着我时而的坏脾气，养育我长大，教授我知识。

我用粗拙的语言向您表示感谢。我的生命里有您，真好。

苏炳添：我必须追上去

文/苏炳添

和很多调皮的男生一样，我小时候也很爱表现自己。初中时，我的座位在靠墙的位置，如果从外面回到座位，我常常不会让旁边的人站起来，而是自己从过道跳到两只凳子的缝隙，然后坐下去。那时虽然只一米五几，但立定跳能摸到三米二的篮球架上比较高的位置。那时我也没专门练习过，更没想过自己是不是有什么天赋，只是知道如果跑步，我可以跑得很快。

2007年，我18岁，到了广东省队。现在想来，这是我人生一个很重要的转折点。刚到专业队时，我成绩还不错，练了近一年，成绩没有提高反而一直下降，我心里很不好受。教练让我再坚持一下。我又坚持了两三个月，后来经历了一场比赛，才真正确定自己要继续走下去。也是在这个时候，我发现，训练方法的不同，会影响跑步的技术水平。

在后来的几年里，我取得了一些还不错的成绩。我发现，如果在一个项目中，你一直是一个领军人物，你可能会很安逸。只有更强大的对手出现时，你才会把自己的神经绷紧。当时遇到的对手是张培萌。那几年，我和他在相互竞争中，把百米的成绩推到了10秒。

我出道时，张培萌已是国内第一。2011年同场比赛，我第一次破了全国纪录。我记得张培萌跟我说过他对我印象很深的一件事，2012年，我在日本，他在现场看我跑100米，跑了10秒04。这件事情给了他很大的震动。2013年，他把自己的成绩提高到10秒，盖过了我。他让我知道有一个对手存在。我感觉到了威胁。

张培萌突破10秒之后，如果我不改变技术，不可能突破他的成绩。通过什么办法？原来的节奏已经形成一种记忆，难以进步，必须做出一些改变。当时，我也不确定改变之后是否一定能够进步，但我想尝试一种可能性。2013年和2014年，我去美国训练。我在技术上的突破，很大程度上得益于此。

2014年，我做出的最大改变，是换了起跑腿。这相当于把以前的东西打破，重新学跑步，就好像你一直是左手吃饭，突然变成右手的感觉。我还不知道改变后会不会真的更快，我只是为了得到一个更新的节奏。后来的事实证明，我的尝试是对的。张培萌跑了10秒之后，2015年，我把成绩提高到了9秒99。一直到我现在的9秒91。

现在，我的竞争对象变成了自己。我的下一个目标，就是要突破9秒90的成绩。这是一个大关。因为我是国内第一个破10秒大关的，我也希望自己能够成为第一个突破9秒90的运动员。

在我这些美好而短暂的荣誉背后，也有过痛苦的经历。2009年，我有一次做力量练习，当天还好好的，第二天睡醒以后，发现自己躺着起不来了。当时，走路走不了，睡觉趴着躺着都不行，坐着也不行。这种状态一直持续了三个多月，我以为自己练不了了，是不是要退役了？看着别人训练，自己很想练，但没法儿练，那段时间挺痛苦的。但我还是挺了过来。

短跑一直被认为是挑战速度的极限。对我来说，人不应该给自己设限，而要看看能不能逼自己做出新的成绩。有时你在特别累、特别无聊、特别枯燥的时候，你想一想自己的目标，那就不累了。我的目标就是跑得更快。

屠呦呦，给了人生另一种答案

文/静 静

1

最近，屠呦呦团队青蒿素的新进展上了热搜，他们延长了青蒿素的用药时间，而这一进展，能解决“青蒿素抗药性”这一世界级难题，屠呦呦团队还发现，双氢青蒿素对治疗具有高变异性的红斑狼疮效果独特。

红斑狼疮被称为不死癌症，因为无法治愈，所以得了就是绝症。

对于那些患病的人来说，这种病意味着死亡。我们知道的迈克尔·杰克逊、LadyGaga（美国演员、歌手）的姑姑，都是因为这种病去世的。

2

1930年，中国红斑狼疮的患病人数达到90万，而且这个数据在不断增长，其中系统性红斑狼疮的患病率居世界第二。对于红斑狼疮，最大的认知便是：目前无法根治。

屠呦呦的新进展意味着什么呢？

这意味着，仅仅在中国，屠呦呦这一发明有可能拯救上百万人的生命，而如果从世界范围来看，这个数字会呈几何倍数增长。

人们惊叹于屠呦呦的厉害与伟大！但是，早在这之前，屠呦呦便已经用自己的研究，惊艳世界。

1930年12月，一个女孩诞生于屠家，父亲屠濂规以“呦呦鹿鸣，食野之苓”（语出《诗经》，“苓”泛指“蒿类植物”）中的“呦呦”二字，为女儿取名屠呦呦。

屠呦呦是屠濂规第四个孩子，也是第一个女儿，备受长辈疼爱。不过，谁也没有想到，屠呦呦出身于书香门第，最终却走上了医学科研之路。

2015年，屠呦呦被授予诺贝尔生物学和医学奖，同时是第一位获得该奖项的中国人。这是中国医学界迄今为止获得的最高奖项，也是中医药成果获得的最高奖项。

2019年，BBC（英国广播公司）发起了一项全民票选，屠呦呦和居里夫人、爱因斯坦、图灵并列“20世纪最具标志性人物”。

BBC纪录短片《20世纪最伟大的科学家》这样说道：“当我们提及杰出的科学人物时，毫无疑问，屠呦呦一定会出现在这个名单中。”

为什么？

如果要用拯救了多少人的生命来衡量一个人的伟大程度，那么，毫无疑问，屠呦呦，是人类历史上最伟大的科学家之一。

3

她研制的药物，拯救了数百万人的性命，包括世界上的贫困人群，以及上百万的儿童。而这，都是因为青蒿素的发现和提取。

疟疾一直以来都是人类最大的杀手之一，仅非洲每年就有100多万人死于疟疾。20世纪60年代，越南战场成千上万的士兵在被携带疟疾的蚊虫叮咬后丧命，因疟疾死亡的士兵数量，多到无法估量。面对越南的求助，中国成立了研究组，当时身在中医研究院的屠呦呦，临危受命，接下了研究对抗疟疾药物的重任。她靠着一双脚，走访疟疾药方，靠着一双手，一字一句，生生整理出640万字的药方集，当时有2000多个关于疟疾的药方，需要一一实验排查，巨大的工作量，耗费了她的全部精力。为了新药的研制，她不得已将孩子们送去寄养。研制的过程异常艰难，一次次实验，研究了200多种中草药，但依然颗粒无收。

当时身边的人都劝她放弃，毕竟许多发达的国家都对疟疾束手无策，更何况我们。但是，屠呦呦不死心，她把目光转向了厚厚的古代医书典籍。翻阅浩如烟海的典籍，她发现了古书中一条关于治愈疟疾导致发热的药方，这给了她灵感，改用低沸点溶剂来提取有效物，后来发现这种有效物对于疟疾的抑制程度达到100%。

但是，当他们欣喜地进行临床试验时，结果却不尽如人意，经历千辛万苦发现的有效物，根本无法判断能不能适用人类，研究一度陷入停滞。虽然明知有生命危险，但是屠呦呦还是决定以身试药，后来，试验成功了。

这背后是191次实验。

一次次改良、实验，再改良，无限循环更新，终于在1986年，青蒿素获得了卫生部新药证书；1999年，世界卫生组织把青蒿素列入基本药物名录。

在屠呦呦发现和成功提取青蒿素之前，全世界约一半人口处于罹患疟疾的风险之中，而屠呦呦的发现，直接让这个数字整整下降了50%。BBC这样说道："很少有人像她这样，敢于冒着生命危险，去直面不可知的危险，仅仅因为治愈别人的一丝希望。"

4

即便取得了世界级成就，我们也很少在一些场合看到她的身影。

2015年诺奖公布去领奖时，根据事先的约定，各路媒体记者专程赶到第三航站楼为她送行，结果，众人在航站楼左等右等，却始终不见屠老身影。后来才得知，屠呦呦早已悄悄办完登机手续，走普通登机通道登机起飞了。

2017年，屠呦呦荣获2016年度国家最高科技奖，当闪光灯都准备好的时候，等到的只有满脸抱歉的负责人："实在抱歉，屠呦呦先生因为身体欠佳不能到场，由她的几位同事接受大家采访。"

是的，她又一头扎进实验室。

张载的《横渠四句》中有这样一句话："为天地立心，为生民立命，为往圣继绝学，为万世开太平。"

屠呦呦，担得起这四句话。

放眼望去，世界上像屠呦呦这样的人，少之又少。而我们何其有幸，能拥有这样一群人。

今天屠呦呦团队的新进展，不仅仅是一项研究成果，也不是为了获得奖项去做的努力，对于很多人来说，那是他们的生命和希望。

曾经在知乎上看过这样一个问题：如何评价屠呦呦？

被赞最多的回答是这样的：在当下这个时代，人们疯狂追逐着名与利，大多数人都希望孩子能一夜成名，没有人想成为科学家，大多数人的人生规划，是成为明星，要不就是网红，除了这些，似乎无从选择。

而屠呦呦这些真正改变这个时代、担起民族脊梁、扛起国家未来的人，也许给了我们关于人生的另一种答案。

一起读

一项研究报告显示，如果学生要学习的内容超过一页纸，那么使用纸质教科书更有利于学生理解要学习的内容。学生自己往往认为看电子书更有利于学习，实测结果也显示阅读电子书的速度要快于纸质书。但从学习效果看，学生对电子书内容理解的深入性和全面性不如纸质书。研究人员认为，这是因为在屏幕上看较长内容必须不时滚动屏幕，这就影响了学生的注意力。

研究人员认为，阅读的目的很重要，有的阅读需要全面把握所看的内容，而有的阅读则是为了快速了解基本情况。他们指出，纸质书有文化意义，纸质书自身的质感和带给读者的亲切触感是电子书所无法取代的。

从这个层面来说，无论今后科技如何发达，纸质书也始终有其存在的意义。

——赵乾铮《看纸质书更有利于学习》

北大毕业后，我卖米粉

文/张天一

2014年，即将结束在北大的硕士学习生涯，也面临着毕业选择的我，选择了开一家米粉店。就像《寿司之神》里卖了一辈子寿司的二郎，因为尊重职业，所以获得他人的尊重，大概我的人生目标就算是实现了。

我最后联系到了三位朋友和我一起来做这件事情，这也让我很受鼓舞与感动。这个团队里，有硕士、有MBA（工商管理硕士）、有公务员，我们经营米粉店，也经营一种生活方式。

我究竟想开一家什么样的餐馆？本科时我已经经营过两家小餐馆，开小餐馆的经验是有了，这一回能不能做一点不一样的东西出来？

不得不提的是，雕爷牛腩、黄太吉这样风头正劲的用互联网思维操作的餐厅给了我很大的鼓舞与启发。但在实地吃过雕爷100元一碗的牛腩饭和黄太吉十几元钱的煎饼馃子后，我发现二者运用所谓的互联网思维，只是通过强营销提高了顾客的期待，并没有在实质上改善顾客体验，同时顾客还需要为营销成本付账单。

互联网思维做的产品，本质上是一个快的、爆炸式的东西，而餐饮实际上是一个慢慢积淀的东西。这两者综合在一起，快慢之间，容易脱节。

在餐饮业和互联网之间找一个平衡点，我认为关键在于卖什么产品：有没有一种容易标准化操作、能够代表相当一部分人的口味、蕴含我们的文化传统与内涵的食物？

最后，我想到了常德牛肉米粉。米粉是南方人的一种主食，从某种程度上可以和北方的面条对应。我的家乡常德，正是把米粉当作每天的早餐主食。常德的大街小巷都有米粉店。除了色香味俱佳，更重要的是，常德米粉的准备工作主要在前期，牛肉、牛骨汤需要提前约10小时熬制好。等到真正操作的时候，从煮粉到出餐，全部时间不超过30秒。长时间的熬制、复杂的配料，是中餐的灵魂与哲学，但极快的出餐速度，又使得这种食物在某种程度上具备标准化操作的可能性。

我最终下了决心，从2014年2月开始筹备，回到常德，走街串巷地吃遍了常德的每一家米粉店，一天吃一碗是享受，一天吃十碗则是噩梦。

最后，我们选了一家口味最正宗的米粉店，经历了拜师、学艺一系列的过程，又进行了标准化提炼，买了一把小秤在无数个夜晚一小勺一小勺地称量每一种中草药、配料的分量，又邀请到当地最有名的几家米粉店的主厨品尝，最后才制作出这几张配方。

2月中旬回到北京，开始找门面，又办理了各种手续，于4月4日正式营业。这个速度应该是神速了，为了这件事情，我搭上了大学所有的积蓄，不尽快营业，吃饭的钱都成问题。

“伏牛堂”是我一个小小的试验平台。这家店里，不设服务员，顾客用完餐，自己收碗，将垃圾按照残汤、塑料碗、筷子纸屑的顺序分类。作为一起履行环保责任的奖励，我们回馈一份水果。我希望探索一种双赢的模式：一方面通过垃圾分类保护了环境，一方面顾客享用了餐后水果，而店铺节约了人工。此外，“伏牛堂”还做了很多我感兴趣、有意思的事情，比如和“绿色和平”的合作，和“参差计划”的合作等，它的未来有着无限可能。

有人问我有没有想过事情失败了会怎样。我想了想，从这家餐馆开业的第一天起，或许对我自己而言，我就已经成功了吧。

抄句子

刻意去找的东西，往往是找不到的。天下万物的来和去，都有他的时间。

——《谈心》三毛

人们以为品格善恶的表露，是出于明显的行动；却不知在自己不知不觉之间已泄露了自己的品格。

——[美]爱默生

金庸走后的江湖：那些书那些剧那些人

文/张 艳

武侠小说泰斗金庸于2018年10月30日下午在香港养和医院逝世，享年94岁。这个名字、那些作品，和他定义的整个江湖，几乎就是华人世界的集体记忆。他走后的第一天，朋友圈依旧被悲伤怀旧情绪刷屏；定价千元的金庸全集脱销了；刚立项的《新鹿鼎记》《新倚天屠龙记》《新神雕侠侣》《新笑傲江湖》等都还在数遍翻拍的路上……金庸走了，我们的青春也一去不复返，但江湖上还在不断流传他的传说。

那些书

1955年，金庸开始创作第一部武侠小说《书剑恩仇录》，直到1972年完成《鹿鼎记》后封笔，总共写了15部36册脍炙人口的武侠小说。金庸小说在全球发行量超过3亿册，可以说“凡有华人处，即能话金庸”。

金庸的骤然离世勾起了大家学生时代废寝忘食读金庸的青春岁月。众多网友也纷纷晒出自己“看过的金庸”。不少书粉开始购买金庸小说，或者将家中缺少的金庸作品补齐。如今，金庸作品集在内地的唯一版权运营商为广州朗声。这套广州朗声出版的最新36册平装本《金庸作品集》原价968元，不过在当当、京东等很多网站上处于卖断货状态。在孔夫子旧书网上，有个别精装收藏版的已经抬高到近万元。

那些剧

尽管金庸的武侠作品只有15部，却是常拍常新的经典宝藏。目前为止，他的作品已被翻拍上百部，名副其实为“中国第一IP”。被翻拍成电视剧最多的作品莫过于《神雕侠侣》，共拍了10部，其次是《射雕英雄传》《笑傲江湖》《倚天屠龙记》《鹿鼎记》《书剑恩仇录》，各拍了8部，《天龙八部》《雪山飞狐》6部，《碧血剑》5部，《侠客行》4部……这还不包括电影在内。

盘点下来，金庸的15部作品中有8部是爆款，超半数。今年又有5部金庸剧要开拍，比如张一山主演的《新鹿鼎记》、陈钰琪的《新倚天屠龙记》、徐克电影版《神雕侠侣》、王晶的《倚天屠龙记之阴阳圣火令》，最近又爆出拍摄《新笑傲江湖》……

那些人

在华人世界，能参演金庸剧应该算是演员们的“有生之年”系列了吧。金庸的经典作品曾捧红郑少秋、刘德华、赵雅芝、古天乐、刘亦菲等数不清的一代代俊男靓女，金庸去世的消息传来，震惊了整个娱乐圈，三代小龙女发微博忆金庸，萧峰、郭靖、令狐冲、杨过几位“大侠”——胡军、李亚鹏、黄晓明曾给金庸庆90岁生日，胡军发出聚会照片大家都看哭了：那时花开月正圆啊！当晚陈小春发文：小宝就此别过，查大侠走好！而凌晨刚下飞机的杨幂得知噩耗，也发文：先生走好，襄儿拜别……那时饰演郭襄的杨幂才十几岁，有着略方的脸和有光的眼神，如今，金庸先生走了，杨幂也结婚生子了，突然觉得我们真的老了！

学霸为啥总说自己『没考好』

文/鲍安琪

最近有位学霸上了热搜，以为自己高考考得很差，准备复读，结果上了清华。网友纷纷表示周围的学霸貌似都这样。学霸真的是因为虚伪才说“没考好”吗？

来自康奈尔大学的两位心理学家做了一个实验，让65名本科生为30个笑话的好笑程度评级，对比专业的喜剧演员的答案，得出各自评分，以此测试这些学生的幽默感。此外，这些被试者还被要求自己为自己排名。结果得分最高、排名最好的那些人，却认为自己仅比平均水平高一点点，觉得自己表现得不怎么样。

再结合逻辑能力、语言方面的实验，他们发现，那些有能力的人，往往低估了自己的能力、高估了其他人的能力。因此学霸们可能只是没想到其他人比自己更差。

这种认知偏差现象被称为“达克效应”，被应用于解释人们自我评估的偏差。一些真正有才干的人，当接到一项事实上很难但在他们眼里却很简单的任务时，往往会误认为这项任务对所有人来说都同样简单。那些知识和技能明明都更出色的人，自信心却可能跌到谷底。因此说不定学霸们打内心觉得自己排名不会太高，因为他们低估了自己、高估了其他人，觉得大家都好厉害……

上述实验还有一个更有名的结果，测试中最不能辨认什么是有趣的人，反倒认为自己高出平均水平，表现得非常好。一个人只有真的具备某种能力、了解这项能力是什么，才有办法对自己是否掌握这种能力做出精确的评估。那些不具备能力的人，因为不了解这个能力究竟是怎么回事，也就无法认识到自己的欠缺。

能力较低的人，往往高估了自己在此领域的能力，而且难以发现自己高估了自己。高估自己且不自知，是“达克效应”更广为人知的一部分。能力越低的人越认为自己无所不知，因为他们连自己有多低都不知道……

医院里总有些患者，觉得自己比医生还懂。有些人对一些领域也不是很了解，却喜欢装作很懂的样子，侃侃而谈。越是知识渊博的人常常越谦逊，越是无知的人往往越自大。

整个“达克效应”逻辑链中最重要的一环在于，你首先要具备该领域相关能力和知识，才能判断出自己在这个领域的水平如何。这有点类似“夏虫不可语冰”，有时候你没法说服父母，是因为他们没有和你的人生一样的经历体会，只会对自己的观点深信不疑。如何进行更准确的自我评估呢？达克给出了解法：归根到底，需要提升在某个领域的能力，获得更多知识，才能发观自己哪儿做得不好，评判出自己的水平究竟如何。

所以古人说“读万卷书，行万里路”是有道理的，拥有更多知识，至少使人更有能力审视自己。对于能力比较强的人们来说，多收集信息、了解他人的水平也是一个办法，以免妄自菲薄。

知识就像是一个圆圈，圆圈之内，是你拥有的知识，而圆圈之外，就是未知的世界。你拥有的知识越多，你的圆圈就越大，接触到未知的范围也越广。所以，还是要多读书。

害怕唱歌这件事，差点毁了我一生

文/看风景的蜗牛君

初一的时候，县电视台要办场晚会，我们学校决定组织一场合唱。音乐课上，老师教了我们一段，然后每个人挨个儿唱给老师听音准。老师觉得我唱得蛮好，于是我入选了。之后就是日复一日的纠音、排练、筛选，我很少遇到问题，直到演出那天。

我当时读的是寄宿学校，原本每个周末都要回家的。由于这次演出是在周末，于是我骄傲地给家里打电话，告诉他们我不回家了，晚上记得看电视直播。

正式演出在晚上，下午我们提前到了之后，换了一个陌生的老师，据说是更专业的指挥，来给我们做最后一次彩排。然后悲剧上演了，我被排到了最后一排的边缘位置。唱着唱着她突然停下来，用手指着我说，不会唱也要装装样子，在那里戳着像什么？我很紧张，因为我一直唱得蛮好的，这次也是像往常一样唱的，怎么就不会唱呢？

当时我猜想，可能是因为我站得离她比较远，声音不够大吧。于是第二次我很用力地唱，可惜并没什么用。她突然停下来，指着我，告诉我跟不上就快走。我心跳得很快，准备了这么久，怎么能走呢？接下来我拼尽全力唱，同时紧张地看着她。她仍旧停了下来，怒气冲冲地把我从队伍中拽出来，然后赶下台。我在台下站着一动不动，仿佛我就是那颗坏了一锅粥的老鼠屎。

直到很多年后，我读到大三，又一次参加合唱，排练老师和颜悦色地告诉我，合唱的时候个人的音准不是最重要的，但口型一定要对准，这样队形才好看。那一刻我才恍然大悟，为什么许多年前那个指挥会认为我滥竽充数，不是因为我唱得不准，而是因为我没有像其他人一样把嘴巴张大。但时光不能倒流，知道了真相又能如何？当时受过的伤再也无法愈合。

那次事件之后，我不再唱歌，甚至不再听歌。再到后来，我发现自己已经过了变声期，许多歌想唱也唱不出来了。小时候学校文艺会演我总要去凑个热闹，之后我不再参加任何演出，甚至不敢参加任何面向观众的比赛。其实无非就是不参加演出不听歌而已，似乎对生活也没什么影响。直到后来我发现了另一个很大的衍生后遗症：不敢去KTV（唱歌的娱乐场所），除非是极亲密的朋友邀约。

大学之后，慢慢回溯自己的成长经历，我才意识到错过了许多东西。于是我开始有意识地克服一些障碍，小组作业时从准备文献的人逐渐变成走到台前做展示的那个人，甚至在60周年系庆的时候咬牙参加了一次合唱。

那天系庆演出的时候，舞台灯光华丽而炫目，我站在台上看着下面黑压压的观众，突然很想回到九年前，把那个指挥拖上台，然后告诉她，不是我不会唱歌，而是她没眼光。

这个故事以前我很少对人提起，所以这件事对我影响有多深我一直也没直观的感受。直到有一次出游，路上和团支书一起坐公共汽车，本想把这个故事当笑话讲给他听，结果讲着讲着竟情不自禁地流下泪来。那时才知道，九年前的那种委屈和恐惧感，我从未真正宣泄过，现在把它平心静气地写出来，内心反而舒坦多了。

13岁的高跟鞋

文/马海霞

五年级时，我特别渴望有双高跟鞋。周末去同学玲子家玩，常见她偷穿她姐的高跟鞋，瞬间高出我们一大截，一扭一扭地在院子里走，我们站在一旁，目光都能流出哈喇子。

高跟鞋对那时的我们而言，意味着时髦，还有长大。母亲天天在地里劳作，家里一色的平底布鞋，我无法像玲子那样偶尔过过脚瘾，正因为这样，我更希望得到一双属于自己的高跟鞋了。

母亲常对我进行物质诱惑："下次考好了，给你买新衣服。"

"我想要双高跟鞋。"我怯生生地说。"小孩子家的，穿啥高跟鞋，小心崴了脚。"我的提议就这样轻飘飘地被母亲挡了回来。

我不死心，继续讨价还价："如果这次竞赛我能得一等奖，我就让老爸给我买双高跟鞋。"

每年县里都举行五年级小学生数学竞赛，记得去年上一届有位同学就得了第一名，奖品是一台录音机。父亲老拿这事儿激励我，对他而言，如果我能抱回一台录音机，他定将录音机拧到最大声，提着它围着村子转三圈——那可是光宗耀祖的事情。

听我这么一说，父母竟异口同声地答应了，看表情便知，他们料定我压根儿得不了第一名，即便我说要天上的星星，他们也敢答应给我摘。

我一直是班里的学霸，数学次次考试都是满分，我这次为了那双高跟鞋铆足了劲儿，好好复习，多做习题，我就不信录音机抱不回家。

竞赛前，老师先在班里选几个尖子生重点辅导，然后参加镇上的筛选，通过者集中组织起来做大赛前培训，再选出成绩优异者参加县里的竞赛。按我平时的成绩，顺利晋级到县级比赛没问题。为了在大赛中脱颖而出，我专门去书店买了很多数学竞赛方面的书籍，一早一晚专心钻研。那段时间，我晚上做题做到十一点，早上闹铃定到五点，试题做了好几摞，我的目标是全县第一，镇上的选拔对我来讲闭着眼也能通过。

没想到，我竟然落选了，止步镇上！那天，我都不知道怎么走回家的，心虚得挪不动腿，料想到回家定会迎来一顿冷嘲热讽，严重的话还可能让皮肉遭殃。

父母出奇地冷静。如此不按常理出牌，更让我胆战心惊，六神无主。可接下来几天，终究没迎来狂风暴雨。周日那天，母亲将一双紫色高跟鞋摆在我面前，说留着过年穿。

我一下子不好意思起来。母亲笑着说："这是父亲的意思，虽然你连县竞赛的门都没进，但也努力了，我们晚上听到你倚着床头的柜子咯吱咯吱响，估计是你太困了，瞌睡虫敲得柜子响，即便这样你每晚都学到十一点，早上不到五点又听到你念经似的嘀咕数学题。考试胜败都是常事，但只要努力了，失败也值得奖励，学到肚子里的知识啥时候也瞎不了，为这，我们奖励你。"

春节那天我们四位同学相约去公园玩，三位都穿着高跟鞋，其余两个因经常穿家里大人的高跟鞋，走起路来比我稳当得多，数我笨，一扭一扭的，不敢快走。在公园溜达了一天，回家我的脚就不敢着地了，那双高跟鞋只履行了一天的使命，便被我束之高阁，再也没穿。但每次想起那双高跟鞋，我心里都充满温暖和欣慰，比得了录音机还开心，因为它让年少的我明白：失败落寞时，仍有父母为你鼓劲儿呐喊，为你曾经的付出喝彩。

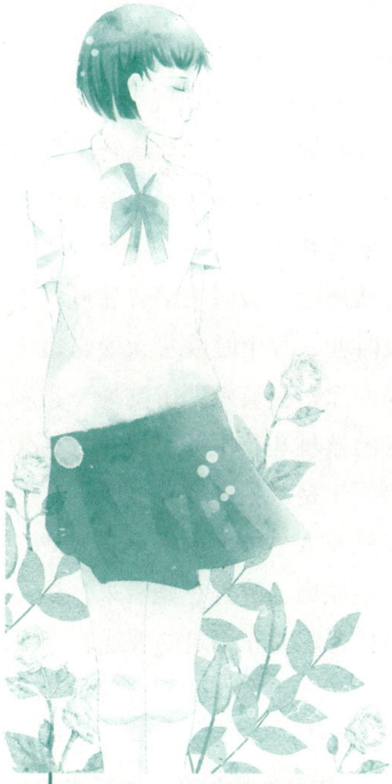

青春期 短发综合征

文/居尼尔斯

我是一个对发型很有主张的女孩。初中我买了一本书，张悦然的《葵花走失在1890》，我当时很喜欢这本书来着，也喜欢上了张悦然。书里面有她的照片，她剪着厚厚的齐刘海，坐在马路上。我当年觉得这个发型很酷，很适合我这种天生就铆足了劲要与众不同的青春叛逆者。

于是我拿起剪刀，在宿舍对着镜子亲自操理我的头发。

像一位历经沙场的老将，利剑出鞘，十分果断。动作干净利落，地上一片碎发。剪完之后，自己很满意，拿起镜子左照右照，心想，我怎么这么好看呢？

然后我得意扬扬地去上学了。到了班里，在同学们的重重打击之下，我才恍然大悟，一个菜鸟第一次自己剪头发造成了多么严重的事故。

初中毕业，我头发已经长长了。我进了理发店，跟剪头发的大娘说自己的要求："要两鬓留两簇长的头发，后面剪短齐肩。"那时我沉迷于电视剧《风云之雄霸天下》，对里面于楚楚的发型有谜之偏爱。

大娘是个爽快性子，也不劝我，任我胡乱指挥，我怎么说，她就怎么剪。

当时在后面皮沙发上等位的还有我小学男同学，小时候老欺负他，捶他几拳，掐他几下的，结果人家初中抽条成一米八的帅小伙了。

由于初中没在一个学校，两人已许久未见，我很是矜持，一脸高冷地看着镜子里随着剪刀掉落的头发，假装无意地从镜子里瞄他。看见他张开嘴，跟个傻子似的看着我（的头发）。

忍不住心想，难道他暗恋我？一直盯着我干吗？耳朵不由得发起热来，却仍旧面无表情，正襟危坐。

嗯，青春期的少女就是这样爱胡思乱想又自信心爆棚。

直到高中军训的时候，所有人路过都会瞅几眼我的头发并捂嘴偷笑，我才后知后觉，可能是我当初的于楚楚同款发型吓到了他。

我跟谁都没商量，跑到理发店剃了个毛寸，一茬一茬扎手的那种短发。戴上了以前因为臭美总闲置的眼镜，整天穿着丑丑的校服，开始了人生第一次正儿八经念书的生涯。

剃毛寸之际，正是冬天。每天早上六点五十，我们都要在教学楼前面集合，跑二十分钟早操。

我一面迎风奔跑，一面在心中骂骂咧咧，真冷啊，头皮都要冻僵了，男生们到底是怎么光着脑袋度过冬天的？周末放假回家，我立马让我娘给我买了顶帽子。

在高一下学期的期末考试中，成绩冲到了班级第3名。之后就常常和另一位女生轮流霸占全校的文科第一和第二两把交椅。

再后来啊，我还烫过男式的爆炸头，还剪过齐耳波波头，拉过直发，有过及腰的大波浪卷，甚至有一年烫了三次头发，把头发搞得跟稻草一样干枯，不得不全部剪掉。

每一次剪发，都有一点小心思，一些小故事。

头发里缠绵的岁月，剪了，断了，长了，乱了，就这么一年一年，过去了。

抄句子

若想要保住某件东西，最好的办法就是不去理它，爱得太过的东西容易毁灭。这大概是我们生活中最大的秘密之一。

——[俄]肖斯塔科维奇《肖斯塔科维奇回忆录》

人生就是一次次幸福的相聚，夹杂着一次次伤感的别离。我不是在最好的时光遇见了你们，而是遇见了你们，我才有了这段最好的时光。

——苗宛秋《老师·好》

那些年，长得难看的女孩子

文/小程

我高中的时候体重巅峰是110斤，个头不足1.6米。

我高中在外地读书，那个时候我妈迷上了“核桃补脑”的理论，她定期会从家里给我寄来核桃并要求我吃掉。甚至高三她曾断断续续请假来陪我住过一小段时间，那个时候每天晚自习下课回家，会被她要求吃掉一盘剥好的核桃和花生并喝掉一大杯牛奶。于是我很快就被催肥了，一度触及人生体重巅峰。我妈妈对此很欣慰，因为在她看来，这是身体好和营养充足的表现。

除了肥胖，那时候穿着也非常难看。

我上大学之前，是不许留长发的，衣服穿戴都是我妈一手安排的。我跟我妈审美差异很大，她信奉“年轻人就应该穿红橙黄绿这样有活力的颜色”，而我恰巧偏好冷色系，几乎每次购物我们都会吵起来。当然，由于我没有支付能力，所以每次争吵总是以我败北而告终。

随着肥胖和不合时宜的穿搭而来的，是自卑。

我整个高中时代除了集体照和不得不拍的证件照，几乎没有照片。时至今日，我依然不喜欢合影。面对突如其来的镜头，第一反应永远是遮挡、躲开。

更讽刺的是，我在上高中之前是一个非常开朗外向的人。而高中因为自卑，一度变得非常自闭和内向。也正是那个时候，性格里长出了一些敏感又尖锐的刺。

所幸后来我遇到了我最好的朋友。她性格外向、自信开朗，

和班里的同学都相处得很好。我们误打误撞做了同桌，并且成了好朋友。在她的带动下，我变得开朗了一些。

再后来，我上了大学。那四年虽然还是肉乎乎的，但多少有了一些小小的改变。再后来，去读博士，慢慢学会了穿衣和化妆。虽说算不上漂亮，但至少能整洁体面地出席各种场合，不至于像过去那样因为自卑而显得畏畏缩缩。

读博的第一年里，我修了很多心理学课程。在那之后才慢慢学会正视自己，接纳自己。

但只是有所修复，不能根治。

其实外貌对一个人的影响（或者说对一些在敏感期的青少年的影响），真的远比我们想象的深远。我花了很多年去修复和调整，但骨子里的影响还是“余烈犹存”。

当然，我写这些并不是为了怪罪我妈。我妈在我人生道路的绝大多数时候都是强大的后盾，支持也尊重我的决定。我尊重她，也很爱她。

去年我跟我妈聊起这些过往。她很惊讶，一方面吃惊于她已经忘记了的事情我居然记得如此清楚，另一方面吃惊于这些事情对我的影响远超过她的想象。她有些内疚，也跟我聊了聊她的想法。聊完以后，多多少少我也能理解她的做法。因为理解，所以理智上知道不能怪罪谁。只是这些过去想起来，到底意难平。

虽说人难免会被外貌影响，但还是希望这个世界对那些“现在还没那么好看”的人宽容一点，也希望曾经被外貌负面影响的人能慢慢修复或者克服那些负面影响。并不能帮上什么，只能空口白舌地说出“希望”二字。但有所期待也是好事，对吗？

一句话，足以熬垮你的行动力

文/韩大爷的杂货铺

几天前与朋友聊天，问他在干什么。他回复说自己正在为一个策划案焦头烂额。

在这方面朋友算新手，他原来不从事这方面的工作，也是机缘巧合下接到这么个活，老板还挺急着要的。

我一听赶忙跟他说“你先弄，有时间再聊”。

他却没有撒开手机，继续对我说：“我怎么这么倒霉呢？摊上这么个突发情况。我没做过，老板又不教我，不教也就算了，还要得这么急，我这一个字都没憋出来，拖了三天了。”

这让我有点好奇，朋友并不是懒惰的人，怎么任务在那里摆着愣是不做呢？

朋友坦言道：“就是总觉着……还没准备好，有点手生；本身自己就是外行，做起来容易出差错，又是要交给老板看，仓促下手的话，总担心差点什么。”

这话让我恍惚想起自己的一段经历，便认真劝他说：“赶紧做，现在就做，别要求自己做得好，先保证自己做得完。这方面我了解，策划案一般都是要改三遍的，第一稿有个大概就行了。”

朋友听后大喜过望：“嗨，我们老板都没告诉过我，那我还怕什么，这就写！”当晚朋友通宵达旦尽自己全力完成初稿，并在第二天按时提交。

今天一早朋友发微信报喜：“我感觉我在这方面有天赋，不是说一般都得改三遍吗？我们老板看了初稿后就说不错，不用改了，还在例会上夸了我！”

我憋不住乐，心想自己也并不知道要改三遍这码事。我也并没有帮到他什么，只是用另一种方式，帮他把心里的那句“我感觉我还没准备好”给抹掉了。

“我感觉我还没准备好”，这句话可以说是很多拖延症患者的心魔。

拖延并非懒惰，更多的是一种心理障碍：总以为自己做不来，总想再准备准备，总惦记着等到万事俱备的一刻，一口气吃个干净利落，于是，在行动上便一拖再拖。

每个人都会遇上几次想拖延的状况，毕竟每个人都会遭逢“手生”时刻，这时人的心态就像被卡住的车，其实给个油就过去了，但如果你把火一熄，打算从回忆发动机原理开始全盘运作，那手生，就变成手凉了。

曾听一位很幽默的老师聊起人的思维习惯。他说：“人可以分两种，一种人的口头禅是‘时机尚不成熟，等我如何如何，我再干点什么’，而另一种的宗旨是先把坑占上，先上车，然后缺啥补啥，与前者相比，思路是倒过来的：我先干起来，然后看我需要如何如何。”

表面上看，第一种人的想法比较稳妥，但一上手就发现，准备？你是怎么也准备不完的。

第二种人也不是无头无脑地乱撞，他们也给自己摸索的机会，在路上的前几米，其实就是他们的准备工作。

而且，这种在实操环境下的“准备”，拳拳到肉，更具针对性，步子一迈，方法和资源自动就往脚下聚合。

所以，实践，其实就是在学怎么学习；恋爱，就是在学怎么爱；工作，其实就是最好地“找工作”，时刻行动着，才是真正的时刻准备着。

记得有一次放假回家，母亲正要下厨。我拦过来说：“今天我做顿饭给您吃。”三下五除二，几盘菜上桌。

母亲又喜又惊：“你什么时候学会的做饭？”

我自己也琢磨了下，确实记不清了。

母亲再问：“有人教你吗？”

我连连摇头。

她便更纳闷，我也一时说不出个所以然。

吃了一会儿，我猛然想起点什么，继而哈哈大笑，兴致勃勃地跟母亲讲起：“有天晚上，你和父亲出门，我自己在家，后半夜饿醒了……”

闺蜜一个就足够了

文/沈玉藻

曾有一个读者困惑地问我：为什么我的同学们就是不喜欢我呢？

是啊，人总是希望得到认可的，可为什么就是有人不喜欢我呢？

那我们就聊一场民国时期的“不喜欢”事件吧。

主角是林徽因。

对，就是那个民国男人赞赏她、民国女人厌恶她，后世有人奉她为“女神”、有人骂她的林徽因。

“不喜欢”林徽因的人，以冰心尤甚。冰心有一篇《我们太太的客厅》，把林徽因和她的客人，以及林徽因的丈夫和孩子都大肆嘲讽了一番。

林徽因的反击直接而巧妙：送了冰心一坛老陈醋。

但女性公敌林徽因并非没有自己的闺蜜。

这位闺蜜来头不小，她的丈夫是《剑桥中国史》的作者费正清，而她就是费慰梅。

林徽因和费慰梅相识于北平，那时她是客厅沙龙里意气风发的主人太太，而费慰梅是跟随丈夫来华考察的外国姑娘。向来没有女人缘的林徽因和费慰梅“一见钟情”、意气相投，很快费慰梅就成了太太客厅的座上宾。

他们还一起去山西，林徽因是和梁思成去考察古建筑，而费慰梅则是为了和费正清去度假。

关于这场旅行，后来费慰梅写道：“这一路上，我们遇到铁路建设，被迫把交通工具换成驴车或人力车，找不到旅馆，要和大兵们抢住宿的地方……”有个理论说，如果你想和一个人发展一段长期的关系，一定要和他一起旅行一次，在旅行中你能发现他是否与你合拍。

这场长途“旅行”的结果，是原本意在度假的费慰梅，从此对林徽因的建筑学产生了兴趣。

大概到老她都还记得吧，在那趟旅途中，有一天他们从大兵手里抢到的一间精致上房“窗户朝北开向一座内花园”。那晚他们一起看过的月光一定如水一样。

正如费慰梅所说：“这一个星期我们朝夕相处、喜怒与共，孕育了长年的亲密友谊。”

几年后，费慰梅回了美国，不久，抗战爆发了。

1936年至1945年，是林徽因人生中最艰难的一段时光。她和家人从北平仓皇出逃，辗转大半个中国。他们一路西去，天上的轰炸机鸣叫着，炸弹随时都会落在身边。在长沙，他们夜里遇到空袭，一家人几乎丧命，后来终于在西南安定下来，却又陷入贫病。那时林徽因的肺病已经严重到要卧床，照明只能用菜籽油，北平的好时光恍如隔世。

一个在美国，一个在中国，我之友人隔山

海，山海却未将友谊平。她们频繁地通信，靠信件来维持友情。

无论林徽因去到哪里，费慰梅总会想办法打听到她的住址给她写信。

无论贫穷或疾病，林徽因也总会记得给大洋彼岸的友人寄去自己的思念。

在信里，她们如人在眼前那样无话不说。

她跟费慰梅吐槽，吐槽小姑子难缠，吐槽生活捉襟见肘，吐槽家务烦琐，甚至吐槽冰心：她全家将乘飞机，家当将由一辆靠拉关系弄来的注册卡车全部运走，而时下成百有真正重要职务的人却因为汽油受限而不得旅行。

跟我们同闺蜜在背后吐槽自己不喜欢的女同学也没什么分别嘛！

但她也同费慰梅说："不时还有一些好风景，使人看到它们更觉心疼不已。那玉带似的山涧、秋天的红叶、白色的芦苇、天上飘过的白云、老式的铁索桥、渡船和纯粹的中国古老城市，这些都是我在时间允许的时候想详详细细告诉你的。"

如果你很喜欢一个人，那么你遇到的一切美好都想与之分享。

就像少女时代的我们，每天早上去上学的动力之一，就是和最好的朋友一起交换对昨晚电视剧的感想。

腥风血雨里的林徽因，在这一点上和我们也没啥两样。

直到1945年，日本投降，费慰梅重回中国，一对好闺蜜才终于在李庄重逢。

而此时，林徽因已经病重，但人逢喜事精神爽，何况又见旧时友。费慰梅驾驶着军用吉普车，载上已经因贫病困顿在李庄多年的林徽因来到重庆，她们在胜利的大街上一圈圈地兜风。这一年林徽因四十一岁，费慰梅也已经三十六岁了，她们早已不似旧时年少，但谁敢说她们的风华逊于十六七岁的少女？

那是一段再美好不过的时光。

她们一起去了云南，找到旧时好友，北平的小客厅在昆明得以重现，又是高朋满座，又是言笑晏晏，仿佛一切又回到了抗战前。

几年后，费慰梅又回到美国。

从那以后，她们再未相见，就连通信也被迫中断。

1955年，林徽因因病去世。

1972年，梁思成去世。

当国际政治的坚冰终于被打破，费慰梅再度回到中国时，昔日好友伉俪墓木已拱。

这一次，隔在一对闺蜜间的是生死。

但两个人的友情并未因其中一个人的死亡而终结。

费慰梅为好友做了最后一件事。

我们今日说起梁思成的学术成就，总会提到《图像中国建筑史》，这本书是梁思成在最为艰苦的李庄岁月里编撰而成的。

1946年梁思成赴美时，把手稿留在了费慰梅处，后来留学生刘某为毕业论文向梁思成借阅手稿，梁思成托费慰梅把手稿寄给刘某，谁知后来此人竟杳无音信了。

三十年后，重返中国得知此事，费慰梅做出了一个决定——找到手稿，将它出版。

辗转多年，她终于找到了手稿，并将之付诸出版。这一年是1984年，距离他们北平初遇已经过去了整整五十年，林徽因和梁思成早已泉下销骨，费慰梅也已经是七十五岁的古稀老人。

在《图像中国建筑史》的前言里，梁思成写道："我要感谢我的妻子、同事和旧日的同窗林徽因。"

这本书，是夫妻俩李庄岁月的最好注解，也是费慰梅与林徽因半个世纪友情的最佳诠释。

回想半个世纪前，在《我们太太的客厅》里，冰心曾那样尖刻地揣测两个人的友情：第一种是因为我们的太太说一个女人没有女朋友，究竟不是健全的心理现象；第二种是因为物以相衬而益彰，我们的太太和袁小姐(冰心对费慰梅的化称)是互相衬托的……能无话不说、能把臂旅游、能隔海不相忘、能生死不分离，活着时她乐意听你的一切絮叨，死去后她能替你完成你的遗志——倘若有这样一个朋友，还管其他人的闲言碎语做什么？

生前能高朋满座，死后仍有朋友守诺，才是真正的人生赢家。

有一种礼物让你笑着哭

文/刮油二姐夫

我上高中时，学校与日本一所中学建立了友好学校关系。每位同学都被分配到一位日本中学生做笔友。

我的笔友是一位长相甜美的女生。她写得一手漂亮的花体英文，我们相聊甚欢。

终于有一天，学校通知我们，友好学校的学生会来中国与我们见面，届时我们会跟自己的笔友一对一地交流，还可以互赠礼物。我在课桌下的腿激动得一直抖，心念道：“到底要送她什么礼物呢？”

当年的我何等青涩，周围没有可商量的人，就回家问了母亲。母亲表现得异常开明，详细地问了平时我们会聊些什么内容，而后给出了一个她认为非常靠谱的原则：既要显示我的内涵，又能表达我的心意，还能对她有所祝福。

我按照母亲所说的，精心挑选礼物，并用发着红光的塑料纸细细包装好——这在当年可是非常洋气的包装纸了。一切准备妥当，只等她来的那一天。

是日，我在陆续从旅游车上下来的学生中一眼就看到了她，果然真人的长相和衣着也很日漫风。

我们按照安排坐在一起，低着头都没有说话。她的英文书写能力虽远超于我，但她的口音浓重，我们交流的速度很慢——慢慢地说话，间或用表情和动作补充。奇怪的是，这种由交流障碍而导致的缓慢速度，反倒让人感觉极好。

很快就到了互赠礼物阶段。她从包里小心翼翼地拿出一个用印着樱花的油纸包得妥帖的方形纸袋，羞涩地塞给我，并冲我做出现在就拆开的动作，然后又捂嘴笑起来。身边的同学眼睛都看直了。我用微微颤抖的双手拆开了包装。包装纸打开后，中间放着一条叠成方形的白底天蓝色花纹的围巾。我向她表态：“我一定会好好戴的！”她听后又是捂嘴笑。

轮到我了。作为一个男子汉，我一定要展示大方的气质。我双手从包里掏出那个闪红光、带仙气的盒子，略带霸气大咧咧地递给她。

她微笑着接过盒子时，盒子险些掉到地上，她露出了吃惊的表情，我则露出“傻孩子，吓一跳吧”的神秘微笑，示意她现在就拆开。她用手抠了半天粘得结实的塑料胶带，费了好大力气终于打开包装，随着那包装纸“哗啦哗啦”地被撕开，一个方盒子露了出来。里面，静静躺着我从一个知名的工艺美术用品店精心挑选的礼物——大约脸盘大的一方砚台。

她端着那坨黑魆魆的石头，看蒙了，抬头瞅着我，我适时地做出以下表情：沉吧？我特意挑了块儿大的，当然沉呀！“希望你的英文越写越漂亮！”我激动地说。

她后来端着那方砚台上车的背影给我留下了深刻的印象。再后来我们就断了联系，我推断可能是我太有文化的缘故。我至今不愿再踏进工艺美术用品店一步。

那些年，被我欺负过的同桌

文／庞娇莲

校园偶像剧《最好的我们》热播时，网上掀起一个热门话题——“你和你同桌做过的最暧昧的事”。我对着手机不自觉地笑，脑海里闪现出一张张熟悉而又模糊的面孔。

五年级的同桌是Z，一个说话有些结巴、带点痞气的小男生。

有个低我们一级的小男孩不知道为什么总喜欢跑到我们班欺负我。有一次他又过来推我，Z看不过去了，从抽屉里拿出一条板凳腿，在桌子上很用力地敲了一下，说：“你再欺负她一下试试！”那个小男孩吓得一溜烟跑远了。我很惊愕，难以置信地看着Z，他转过头别扭地说：“你看……看……我干吗？”我说：“你刚才讲话，竟然没有结巴！”然后他把脑袋转回来，眼珠转了一下，摸了一下他的板寸头：“有……有吗？”我很坚定地回答：“有啊！”然后我们相视大笑。说真的，那时我觉得他的挺身而出带着一种绅士风度。

初中三年，同桌一直是小Y。开学的时候，老师让我们自由选择同桌，然后我和小Y一眼就看中了彼此。我们的兴趣爱好相同，很快就成了形影不离的好朋友。总有人说我们俩长得很像，连笑容都一模一样，甚至有人怀疑我们是失散多年的姐妹。她脾气乖巧，而我略有些霸道野蛮，很多时候都是我欺负她，而她也几乎从不反抗。

在外人眼里我们的友谊坚不可摧，然而我们也闹过别扭。有一次吵架，生气的我一字一顿地

对她说：“我们绝交！”说完后我转身就走，没看她的表情。

后来几次在路上相遇，她看到我的时候都欲言又止，我总是故意狠下心无视她。我们冷战了一个星期后又和好如初。据她后来描述，她当时把我的话当真了，哭得一塌糊涂，以为我们之间的友谊就此玩儿完了。

高中时，我们各奔东西，她总是写信给我说很想我。我很感激命运让我遇到她，是她让我明白了，朋友不一定是和你性格相同的人，性格互补的两个人或许可以相处得更好。

L是我高一时的同桌，他长得比较着急，戴着一副黑框眼镜，乍一看有一种大叔的感觉。要说我们之间最暧昧的事，大概就是他对我的好超出了我的想象。

我喜欢吃棒棒糖，他就买了好多，每天给我发一根。有时候他妈妈买了好吃的给他，他都会塞一些给我。有一天，他手托腮看着天花板，说：“要是你早点认识我就好了，我可以给你买很多好吃的。以前我爸是做生意的，我们家过得不错，去年生意开始衰败了，过得不如以前了。要是以前啊，我真的可以买好多东西给你吃。”我不知道他为什么对我那么好，而我几乎没有温柔地待过他。

高一最后一场考试的前一晚，他开了个略过火的玩笑，我扯过他的书包，扔在地上，狠狠地踩了几下。他默默地把书包拾起来，拍干净，背上说：“我还是回家复习吧，不在这里影响你复习了。”旁边一个目睹了全部过程的男生问他是不是怕我，他意味深长地看了我一眼，回答那位男生：“我不是怕她，而是尊重她。”

他的这句话，让我对他所有的怨愤都烟消云散，甚至很后悔踩了他的书包。后来，我再也没遇到一个像他那样包容我的男生。

开学季去一个陌生城市

文/郭韶明

某热播剧中，一位母亲对女儿的关心事无巨细。这个女儿现实中是有原型的，她说："妈妈以上海为圆心，上海到杭州为半径画了一个圆，让我报大学不能离开长三角。可妈妈当年自己考那么远，我为什么不能去北京呢？"父母的理由总是相似。不论飞机如何便捷，火车如何提速，他们的心理距离总是卡在里程这件小事上。

年轻时经历的事情会影响你一生的认知，这事一点也不假。比如我的妈妈，印象最深刻的就是从河南坐了两天一夜火车，抵达广西，旅途有多劳累，是这辈子难以抹去的身体记忆。所以她会用这个来丈量我的离家范围。

当她知道我的高考志愿填了四川之后，简直不能容忍！

于是爸爸在志愿提交之后，又取回来改成离家300公里的另一所大学。我在这所大学读了7年。

我的表妹她最遗憾的，就是从未离开过北京。毕业后找工作，在北京银行和空姐之间，她果断选择了后者。终于可以名正言顺地离家了。

我们和父母，就这样在对抗和博弈中长大，究竟谁的选择更好，没有机会推倒重来。显而易见的是，父母挡不住孩子离家的脚步，就算读书的时候按住了，找工作时孩子依然大步流星，去挣脱少年时无法摆脱的困境。

父母们大概没有意识到，其实孩子一直在离开，也一直在回来。大学时学院最令人羡慕的就是从远方考来的考生，越远越觉得神秘。有位北京考生当时有名极了，大家最好奇的就是，北京这么多学校，你怎么考到了武汉？虽然毕业后他还是回到了北京，但这短暂的逃离意义重大。

所以，在"下一代的城市观"这件事上，我打算提前做好心理建设。最理想的状态是，孩子在看过了世界之后，依然觉得那个城市很好，选择留下，我能接受；又或者觉得北京很好，那么欢迎回来。

女儿读小学三年级的时候，我们送她到英国爱丁堡插班生两周，她喜欢极了。回来跳着脚说："我要在英国读书！"

"你还没试过别的城市呢。"

"我就喜欢爱丁堡。"

我们对陌生的城市，容易有一种美好的想象。对生活其中的城市，仿佛了如指掌，很难爱得起来。小孩子尚且如此，更不用说成年人了。开学季，是逃离的开始。即将抵达一个陌生的城市，不是短暂停留，如果没有意外，是扎扎实实的18岁到22岁。

回望起来，真的是最好的年纪啊。乘着各种交通工具，走进这个城市的入口，吃第一顿早餐，适应第一个夜晚，第二天你已经自由呼吸这个城市的空气了。你爱不爱它，它都是你的记忆。这些记忆会一直跟着你。

等真正生活过很多城市，你才能看到这些城市的全貌。沾着雨露的早晨，烦闷的中午，傍晚的忙碌，12点铃声敲响，一天的沙子终于落了地，第二天的沙子还没扬起来。

大学终究也会成为你的背景，就像渴望逃离的家乡一样。

当年那么决绝地想要离开，等有一天有机会回去，你忙着去找一顿熟悉的早餐，晚上去约一个老地方，尽管早已变了模样，你对那里依然热爱。

南美洲女孩的15岁成人礼

文/鄢俊

在南美，女孩满15岁时，家人要为她举行一场盛大的成人礼。大多数南美国家都有这种风俗，这源自古老的玛雅和阿兹特克文化。“拉丁天后”夏奇拉曾在一首歌中唱道：“在15岁成人礼的派对上，来一杯上好的香槟，尽情地跳一支华尔兹舞吧！”

来厄瓜多尔不久，我就有幸参加了一次当地女孩的成人礼。洛米娜是我的邻居，当她把请柬递给我时，我感到非常诧异，只因从未想过，在南美，女孩子居然15岁就算成年了。不过，我很开心能有这样的机会，去亲身感受纯正的当地文化。

派对当天，我挑了一块产自玻利维亚的紫黄水晶当作给洛米娜的生日礼物。我想，送给女孩子的礼物，水晶再合适不过。晚上7点，我如约到了洛米娜的家。客厅里充满浓浓的派对气氛，角落的桌子上摆着鲜花，屋顶飘着彩色气球，自助餐点都已备好，DJ（负责打碟的人）在放着轻松愉快的音乐。只是，客人都还没有来，还真是典型的南美风格，人们永远都要迟到。大约8点，客人才陆续前来。女孩子几乎都穿裙子，男士也是半正式着装。女主角洛米娜此时才出现，她身穿粉色的礼服裙，脸上挂着灿烂的笑容和客人打招呼。我趁机将她拉到一边，把生日礼物递到她手上。她当即拆开礼物，开心地给了我一个大大的拥抱。

来了上百名客人，来宾除了洛米娜的同学好友，还有她父母的亲朋好友。可见，这场成人礼不是一次普通的生日派对，而是全家人的一个重要仪式，是要和所有的亲朋好友分享的。而派对的规格，则是按照家庭情况量力而行。洛米娜的家庭在当地属于中产阶级。因此，她的15岁派对，虽然称不上豪华，但是该有的东西一样都不少。

大约9点钟，整个客厅安静下来，仪式正式开始。伴随舒缓的音乐，在客厅的一面墙上，主人家开始播放他们精心准备的视频。洛米娜从小到大的照片一张一张呈现，向客人们展示一家人的珍贵回忆和难忘瞬间。视频里随处可见父母的真情告白：“我们永远爱你”“你永远是我们心中的小公主”……最后，父母用一段深情的致辞表达了对女儿的祝福和不舍，令人动容，而洛米娜此时已是满含热泪。

温情的时刻过去后，就到了庆祝的时刻。我最好奇也最期待的，就是接下来进行的成人仪式。首先，父母拿出一个闪亮的公主头冠给洛米娜戴上。不管是否成年，女儿永远是这个家庭的公主。此外，他们还将一个略显幼稚的玩偶赠送给女儿。旁边的人向我解释说，送玩偶表示“最后一个儿童礼物”。从今天起，洛米娜即将告别玩具，长大成人了。随后，妈妈捧着一双漂亮的高跟鞋走出来，俯身把女儿脚上的平底鞋脱下，换上了高跟鞋，这象征着，女孩从此成年，可以化妆和穿高跟鞋了。然后，洛米娜拿起放在桌子上的15根蜡烛，逐一将其赠送给她生命中最重要的15个人。每个人接过蜡烛时，都简短地发表了一段致辞。当然，传统的生日蛋糕必不可少。分完蛋糕后，客人们围在一起，欣赏洛米娜作为成年人所跳的第一支舞。这支舞，必须是和爸爸一起跳的华尔兹。伴随着美妙的音乐，客人也都开始随之舞动。

午夜当我离开时，派对的狂欢还在继续。

一位日本孩子在规矩面前

文／唐辛子

这还是我的女儿Mii刚刚上中学时发生的两件事。

第一件事：周六我照常有一个下午的中文课，女儿Mii也照常上午要去学校上课。下午2点多的时候，Mii突然打电话给我，原来她忘记带家里的钥匙了，进不了屋子，只能待在院子里。我要Mii来我上课的地方，因为一个人饿着肚子待在室外，实在不是件舒服的事。除了乘车券，她身上也没有带钱。

但Mii居然说什么也不肯到我的中文教室来，理由只有一个：她穿着校服，必须按学校规定下课后直接回家，不能在外绕道。Mii在电话里对我说："如果我穿着校服去学校以外的地方，不小心被学校的同学和老师看到，违反了校规，我会失去大家的信任的。"我无法说服Mii，因为诚实对她而言比什么都重要。在她的概念中，人活在这个世界，是"因为大家都守规矩，才能拥有自由"的。所以，最后我选择尊重Mii的决定：从下午2点到家，直到傍晚6点多我下课赶回家，她一直饿着肚子一个人在院子里等着我。

第二件事：周日和Mii一起出门，无意中发现几个月前她购买的一张小学生乘车券，还剩下680日元没有使用——几个月前，她还是小学六年级学生，可以享受小学生的半价待遇。

但4月9日她参加完中学的入学仪式之后，已经是中学生了。作为一名中学生，还使用小学生的半价乘车券，对Mii而言是件羞耻的事。但680日元的乘车券就此报废，Mii觉得太可惜了。最后，这个13岁的初一学生对此事的处理方法是这样的：她用那张半价乘车券进了电车站，然后在出站时，自己找到车站乘务员，说明缘由，要求补票。但车站乘务员听完Mii的话之后，并没有帮Mii补票，而是要她就使用半价乘车票出站了。

Mii觉得非常不可思议，不明白为什么可以这样，但还是听从车站乘务员的话出了站。出站之后，我们走了大约50米远时，那位车站乘务员又跑过来追上我们，说："那张小学生乘车券，还剩下的金额，就这么用掉吧。再乘电车时，也不必补票，用完为止就好。"车站乘务员在说这几句话时，眼睛里全是笑意，笑容非常温暖。我和Mii一起鞠躬感谢了他，并满怀歉意地对他说："实在是很对不起。"

这些生活的细微之处，令我再次思考：为人父母，对于自己的孩子，最大的责任究竟是什么？我想并不是教育。因为我始终觉得，任何大人其实都是没有资格教育孩子的，这就像一片被污染的叶子不能去指导一朵洁净的花蕾该如何保持干净纯粹一样。孩子的心灵是洁净的，如同未遭污染的自然。直到他们长大，洁净渐失。

我想：父母对孩子最大的责任，应该是呵护好他们与生俱来最为洁净的品质，令上面的尘埃尽可能沾染得少一点，令他们在不得不变成一种叫"大人"的俗物的时候，能俗得稍许可爱一点，不至于让人感觉太恶劣。

一起读

由英国诺丁汉大学研究人员组织开展的一项研究：138名计划注射季节性流感疫苗的志愿者，了解他们注射疫苗前后6周以及注射当天的心情，还有体育运动、饮食和睡眠等情况，并在疫苗注射后4周和16周时分别检测志愿者血液中的抗体水平。观察结果显示，只有情绪能够影响流感疫苗效果，而体育运动、饮食和睡眠等情况不会影响疫苗效果。注射疫苗当天情绪好的志愿者，抗体水平高出8%～14%。

研究人员表示，因为人的情绪和免疫系统在大脑皮层下区域的通路相互连接，所以情绪好坏会令疫苗效果有强弱之分。

——李伟《心情好打疫苗更有效》

我私人的诺贝尔

文/王梦影

童年时代，我一度觉得自己得拿个诺贝尔奖。那时候我崇拜居里夫人，觉得人家酷毙了：聪明，果决，天天倒腾危险物品。我想做那样的人。我曾经通过杂志后的目录邮购过一批书籍，《宇宙的琴弦》《薛定谔的猫》什么的，打算先熏陶着，但直到我长大，这批书终究是没看完。

小孩子嘛，梦想通常就两类。一类特别接地气：做个看大门的，或者当个烤面包的。还有一类则光芒万丈，比如我，比如我的一位小伙伴——他想做美国总统。一般来说，第二种梦想更能获得父母老师的表扬。其实这两类在根本上差不多，都源于对生活和自我缺乏判断的天真。

又是一年诺贝尔奖颁奖季，我已经站在30岁的边上，从事着完全不相干的工作，对这个奖项的参与主要在朋友圈。生理学或医学奖最先揭晓时，我爱好养生的亲朋着实激动了一阵子。获奖者发现了生物体昼夜节律的分子机制。这是一项漫长而复杂的研究，但还是有人敏锐地提取了关键信息。那几天，我收到了三篇不同来源的《诺贝尔奖都说了，你还敢熬夜吗》。

引力波研究毫无悬念地获得诺贝尔物理学奖那天，兴奋的是我的同辈们。他们欢呼着“实至名归”，继而表示要重刷一遍《星际穿越》。也难怪，引力波几乎算是我们这一代的登月事件。它背靠高深莫测的科学原理，也闪耀着围观的魅力。时空的秘密藏在黑洞里，刚被科学家猜完长相，又被当代最卖座的商业导演制作进一部家庭情感剧里。

“诺奖”这个严肃的奖项，一直在我这个普通人的生命中客串着略显浮夸的角色。一开始，它是遥远国度的黄钟大吕，是青春的虚荣梦境。再后来，我开始意识到以个体生命的能量靠近它太过艰难，于是开始觉得藏身这个时代也与有荣焉。

似乎每届诺贝尔奖颁奖，都有一个老问题在盘旋：为啥咱中国人就不能得一次诺贝尔某某奖呢？其实科学家个人和诺贝尔奖之间，多少受点缘分的影响。2017年诺贝尔生理学或医学奖的研究中有一个关键发现，得益于卡诺普卡教授。但他因为一些科学之外的因素离开了学术界，做了一名高中教师，最终没能将研究深入下去。

X射线天文学奠基人贾科尼对此看得挺开：不是每个有实力的人都有机会获得诺奖。可能是这种“陪朋友去面试”的放松心态，让贾科尼获得了2002年的诺贝尔物理学奖。贾科尼得奖后发现，公众期待一种以做好一个诺奖得主为专业的诺贝尔奖得主。他们对一切事物的一切方面都能说几句。或许基于同样的心理，挂名诺贝尔奖得主的心灵鸡汤和段子在互联网上疯狂流传。

我有时候会回想起小时候铆足劲儿看物理书的时光。书里很多段落真的很艰涩，我也真的缺乏指导和才能，从效率上说算是一段无用功。不过快乐也是实实在在的。一届一届诺贝尔奖过去，科学站在浪头，拍向更深的方向。我那些看大门的、烤面包的、做美国总统的伙伴们散落在大海的碧波万顷之下，过着各自最普通的日子。或许那句话是对的，我们真的都有光明的未来。

人和人的差距，到底是怎么拉开的

文/韩大爷的杂货铺

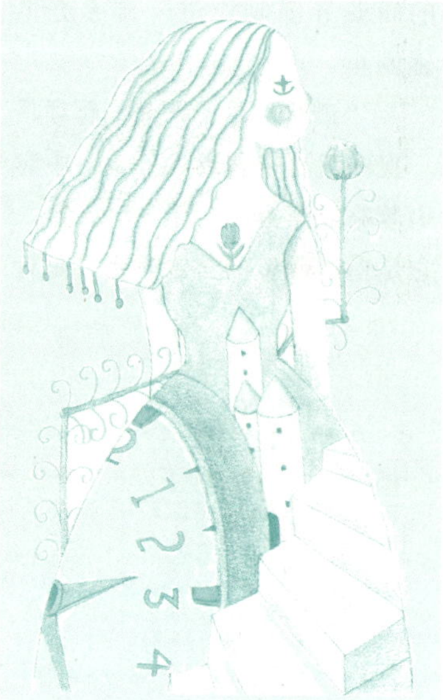

昨天看到一则案例，说一位HR（人力资源顾问）在面试应聘者时，常会问这样一个问题：你每天下班后的3小时，都拿来做什么？

我想起自己毕业时，应聘某个心仪单位，面试官也问过我：可不可以单拿出来你在大学的某个普通的一天，跟我们聊聊你是怎么过的？最好挑有代表性的一天。

可能有人觉得：挑好的说呗，一通胡编就蒙过去了。没错，如果人家只问这一个问题，胡编是上策，但这只是个开场，接下来，是要和你就着你所提供的答案，具体聊一聊的。

你应该能想象到，随手拿出一则新闻案例，一个每天打游戏和一个每天读一则时评文章的人，所做出的分析，会差十万八千里。

而这十万八千里的结果，不来自天赋，甚至不来自专业，它恰恰来自，都不用多，十分二十分钟，写一篇文章的工夫，最重要的是，乘以每一天。

多年来我发现：越是做一些短期内无法立竿见影的工作，见影的时候影子最大；越是沉得住气、坐得住板凳，把突击战转为持久战的人，收获越多。

我来自农村，从小到大看见过无数次盖砖房的过程。你见过一座新屋，被一点一点再一点盖起来的过程吗？别好奇，真的挺无聊的。打个地基都需要个把月，你出去逛个街，工匠们在和泥；你出去喝个酒，工匠们在和泥；你游山玩水十日行，回来一看，还在和泥。

日复一日，等新房基本建成，你再走进去，摸摸那一块块砖头，看看那光滑的水泥地面，就知道一点一滴积累的结果是什么。

好看的短期效果千篇一律；肯放长线钓大鱼的人，万里挑一。

人与人之间的差距，大多无非俩词：优势壁垒和劣势壁垒。

壁垒啊，想想都知道，又大又坚固的东西，一旦形成，很难破局。而在壁垒形成之前，那些看似无关紧要的漫长日子，那些分摊到每天多做10分钟、微不足道的付出与努力，都在展示着一种冷酷和一种公平。

你看到了别人拥有成千上万种可遇不可求的好运气，却看不到这背后统一的本质：可遇的方向，与同样可求的习惯加积累。

记得小时候考试，我几乎每次都拿第二名，蝉联榜首的那个小姑娘不比任何人聪明，甚至，看不出她比谁勤奋。但每次成绩一下来，她总能不多不少，就是比我高五分八分。有时候，差距就在那么一两道题，最可恨的是，还是老师讲过的题。

有次课间，实在憋闷的我找到老师，开口就问："您说吧，我想超过她的话，需要学到几点？让我拿次第一就行。"

老师笑了："不需要学到几点呀。"

我追问："那我跟她差什么啊，我愣是比不过她？"

这时候正赶上那同学抱着作业走过来，跟老师说她在课上有个问题没听懂。老师扭头向我道："就差这么一点点。"

抄句子

雄辩是灌注思想的绘画，画完之后若再修改加工，等于使画像一变而为装饰画，弄巧成拙，莫此为甚。

——[法]巴斯卡

南金不为处幽而自轻，瑾瑶不以居深而止洁；志道者不以否滞而改图守，守正者不以莫赏而苟合。

——葛洪

我不罕见，你也不必抱歉

文/玄增星

随着吉他扫弦的动作，崔莹的轮椅微微晃动。作为一名乐手，这几乎是她最激烈的摇滚姿态了。因为成骨不全症，她很小的时候四肢就停止了生长，踩在轮椅踏板上的双脚无法触碰到地面。攥着吉他拨片的手指，脆弱到可以向外折成90度，甚至可能因用力过猛而骨折。全体发病率约为万分之一到一万五千分之一的罕见病，让她成了人们口中的“瓷娃娃”。很多时候，只有当节奏响起，那些脆弱的骨头才显示出力量。

在舞台上，她是8772乐队的主唱兼吉他手。这支乐队的名字是“病痛挑战”拼音首字母BTTZ的数字变形，乐队现有的7名成员全是罕见病患者。他们没有健康的骨骼、眼睛、血液，他们身上的病症可能几万人中才出现一例。他们唱原创、唱流行、唱摇滚，在忽明忽暗的舞台上跺脚、晃脑袋。

“病痛只是一种状态，人人生而平等，人人都有尊严。我们希望让大家看到我们的力量。”就像舞台上的崔莹，灯光刺眼，音箱战栗，她像任何一名摇滚乐手一样，迎接着掌声、欢呼和善意的目光，力量仿佛无可阻挡。

爱踢球的贝斯手王瑶，大多时候只能看着别人踢球。因为患有血友病，他四肢的关节会因过度运动在一小时内肿成馒头大小，伴随的是“比生孩子还强烈的疼痛”，这种疼痛“是经过医学鉴定的”。电吉他手程利婷两三岁时突发小儿麻痹，一天之内四肢就瘫软了。从那以后，她再也没有任何关于行走的记忆。直到现在，坐在轮椅上的她也总听到有人说：“这么漂亮的小姑娘，真是可惜了。”

登上舞台前，他们对自由的想象大多和身体一起被病痛困住。13岁时，崔莹偶然听到电台里在放郑智化的《水手》，觉得“就是在唱自己”。从那以后，她开始自己写词谱曲。几年后，在一次为罕见病患者组织的活动上，她演唱了一首自己创作的歌，轻轻问台下：“想一块儿组个乐队吗？”从那以后，大家每个周二都会围成一圈儿，为了一句歌词、一个音符反复练习。如今他们已经能够完整流畅地表演十几首曲目。

一次演出活动结束之后，台下所有的观众都走光了，只剩下一个脑瘫的病人呆呆地坐在一只石头凳子上。过了好一会儿，他慢悠悠地说：“按理说，以前像咱们这样的人应该也不少吧，怎么就没留下什么痕迹呢？”

6岁之前，崔莹骨折过二十几次。到了上学的年龄，没有学校愿意收她。除了毫不掩饰的歧视，有时，温情中也隐藏着尖刺。幼儿园的老师怕崔莹再次骨折，会叮嘱其他小朋友“不要跟她玩”。“别人对我的期望是更低的。他们总会下意识地觉得我脆弱，或者做不好任何事情。其实我们不需要同情，也没那么脆弱。我们需要的只是被当作正常人。”

有时他们也会想，如果有机会重来，自己的生活会是什么样。但“如果”从来不存在。“真正的现实是很难逃避的。”崔莹说。对他们而言，音乐并非一个现实的避难所，更像是一个朝向更好生活的助推器。明明灭灭的灯光下，他们闭上眼睛，肆无忌惮地高唱：“谁都不必说抱歉。”

万事不必太精通

文/辉姑娘

六岁那年，我第一次见到钢琴，喜欢极了，抱着不撒手。有懂行的亲戚看了看，说这姑娘将来肯定个子高、手指长，正适合练钢琴，有条件就学学吧。

父母于是咬咬牙，为我找了一位相当有名气的钢琴老师。师从名门，自然规矩严格。先是握着熟鸡蛋在琴键上保持端正的姿势，这叫基本功。好不容易练得差不多了，再按部就班地将一本本练习册弹下去，哈农、拜厄、汤普森……这些练习册里的旋律大多枯燥乏味，往往一曲终了，都不知道自己在弹些什么。

很快，我对钢琴的好奇与喜爱迅速转变成厌倦。我开始恐惧弹琴，老师布置的作业总无法完成。最后，无论父母怎么劝说，我再也不肯踏入琴房一步。这一段音乐之旅，终究是遗憾地夭折了。

上了高中，一次去同桌小桢家做客，她正在家中弹钢琴，弹奏的居然是一首周华健的《花心》。那段时间我疯狂地喜欢周华健的歌，初听这首歌的钢琴版，简直觉得无比惊艳。

原来小桢与我一样，儿时都对钢琴一见钟情。但家人并没请专业老师，从事幼师工作的母亲教会她怎么认五线谱，又问她喜欢什么歌曲。她说喜欢《小星星》和《铃儿响叮当》，母亲就把这两首歌曲的谱子找来，让她自己看着谱子练习。

她没什么压力和负担，一路慢慢摸索着，居然也弹了下来，还在学校的联欢会上表演了这两首曲子。同学们都热烈鼓掌，于是她信心倍增，央求母亲把喜欢的歌曲谱子都抄了回来，一首首练下来，直到今天，已经会弹几百首曲目了。

我看她又弹了一曲，果然，手势是松散的，谱子是自己听着歌记下来的，连和弦都是即兴发挥的。如果让专业人士来听，大概会挑出上百处毛病吧。

可是那又有什么关系？她坐在窗前的阳光中，手指在黑白琴键上自由地舞蹈，眼睛微微地闭上，几近享受的姿态。那些所谓“俗气”的流行歌曲在钢琴的音色中，变得轻灵而优美。

没有人会在意她弹错了几处，动作是不是标准。这一刻存在于旁观者视线里的，仅仅是一个优雅生动的女孩带来的美好的视听享受而已。

我与小桢的母亲聊天，问她有没有想过让小桢去考级，她摇头。

“弹琴这件事是为了什么？为了她能在音乐里宣泄情绪，玩得开心。目的已经达到了，为什么非要上升到专业的高度呢？”

我表示认同。如果不以此谋生，那么“学会”就足够让人享受个中的妙处，何必非得“学好”，甚至变成学霸呢？

为什么一定要确认会有一个最完美的结果，才会去尝试呢？

作品出书，未必每本书的销量都过百万，但哪怕只有几个人与你产生共鸣，成为知音，就算值得。拍一部电影可能票房奇差，但与行业内的老师们讨教学习，获得更广阔的视野，也是很有趣的经历。也许下一部片子就找到了合适的节奏，大受欢迎也说不定。

为什么非要苦苦奔着曹雪芹和李安的水准去，觉得到不了巅峰就愧对自己？那是多么愚蠢的枷锁。

最难以理解的是，有很多人因为“做不成最好”，甚至放弃了许多选择。我不是万能的，我承认。这并没什么不好。

对不起，我本科不是北大的

文╱丁 鹏

考上北大研究生后，最常被问的问题是，“那你本科是北大的吗？”你想不明白，本科是哪儿重要吗？其实本科时我就很怕别人问我学校。我于2009—2013年在西安建筑科技大学华清学院读会计学专业，学校名字很长。简称也很长，说的时候未免底气不足。特别羡慕名字短的学校，比如“西安交大”“北大”，短促的句式比长句更有力量。

我本科是三本院校，我有三本学生最常见的那种自卑。甚至我都没参加过招聘会，工作是网投的，干了一年，我天天担心公司倒闭，就干脆辞职考研了。11个月后，我拿到了北大研究生录取通知书。我很忐忑，我甚至为此焦虑到在知乎问：三本考入北大却担心无法融入怎么办？

一条回复是，“你能这么问表明考上北大也就是你人生的顶点了”。我感谢当面给予我的所有批评，无论是温和的，还是刻薄的，批评才是人类进步的阶梯。确实是我自己想得太多、气魄太小。我以为会有江湖中传言的那种鄙视链，但开学以后发现园子里的人在自己钻研的领域确有舍我其谁的傲骨，但在为人上很谦恭。所谓的鄙视其实是来自外界的。

对不起，我本科不是北大的！在通识教育上，我实在比北大本科毕业的同学差了一大截。但在专业领域，我用右手拍着我的左胸说，还可以。

在创作上，我的确像中了邪一样地笃定和坚持。初中一年级，我立志成为一名作家，尤其酷爱写诗，语文老师不胜其扰。高中时我砥砺前行，高考时我数学超常发挥考了62分，模考时最低考过30多分；语文发挥失常，考了119分。

高考没报汉语言是因为我的成绩只能上三本，三本的学费比较贵，我要哄骗我爸继续供我读书，只能曲线救国。我报了会计学，然后忽悠我爸这个专业最火，超好找工作。

大一结束，我在我们校区注册成立了中文课文学社。当了一段时间社长，我发现影响创作，就挖另一个诗社的墙脚，挖来个副社长，让她接替我做文学社社长。此后，我就专心致志地搞创作。2014年春，我突然发现北大中文系开设创意写作专业硕士，其中一门专业课考写作，也就意味着这门专业课不用复习，因为我唯一会的就是写作了。就像抓住了一根救命稻草，于是我认真备考了一年，考上了。

研一结束，进行学生综合素质测评，我的学习成绩并不是最高的，但课外加分很不厚道地加满了，于是得了专业第一名，被评为北京大学三好学生，还侥幸获得了各项奖学金。

研二时，网教办的老师找到我，让我任北京大学网络新青年发展联盟网文组负责人。毕业时，我的毕业作品被评为优秀毕业作品，并以笔试、面试第一的成绩考上了《诗刊》社编辑岗，与《中国诗词大会》第二季亚军彭敏师兄成为同事。8月份，我成为中国作家协会会员。

我毕业了，仍然会反思，为什么今天还会有所谓的高校鄙视链？但我想我考上北大研究生应该没有给北大抹黑，毕业后我仍然会坚持梦想，不辜负北大的培养。我的本科也是我的青春、我一生的财富，我同样热爱它。曾经，我考北大，为了摘掉三本的帽子，如果仅仅满足于这样我就辜负了北大对我的培养。北大教会我的是自信地戴上三本的帽子，这代表一个人拥有了独立的思想。

各位同学，请收下这份作业的“正确打开方式”

文/《意林》图书部

小编：

你好！我是一名初三的学生，平时在班上的成绩是中上等（我们班65个人，我一般都能考进前20名，偶尔也能进前10名）。以前，我对成绩并不过分看重，认为学到知识才最重要，不过升上初三，离中考越来越近，我感到了前所未有的压力。

而且，最近作业特别多，我属于慢性子的人，有时候做完作业都快十二点了，每天都感觉很疲惫。请小编帮我想想办法，我该怎么办呢？

充满困惑的：夏舒明

小编：来自青海的夏同学给我们来信说，进入初三学习压力增大，各科作业犹如一座座大山压得他喘不过气。小编当年也是经常挑灯夜战，那么究竟怎样做作业才能高效又轻松呢？

老师：初三学生作业量增加是由学段性质决定的，这是事实，同学们必须学会正确面对，学会自我调整。首先在思想上，要接受这个事实，不要存在焦躁情绪，学习态度端正是高效完成作业的基础；其次，就是注重知识的系统化，注重梳理和总结，这样各科知识形成了知识链条，增强了学习自信心，自信学习是轻松完成作业的关键；最后，时间安排是高效的法宝，初三学习任务重，作业量大，所以应把预习、复习、作业时间做一个合理安排，我建议同学们每一周都制订一个时间表，再根据每天的情况进行调整，学习有了计划，就不至于太过忙乱。

一起读

大脑的学习和记忆可以分为明确和模糊两种类型。明确学习是可以准确描述具体内容的学习，如背诵文章或棋类游戏等。模糊学习又称肌肉技巧学习或肌肉记忆，例如学骑车或者玩杂耍，越练越熟，但很难说出具体学了什么。

科研团队此次通过分析动物学习过程进一步发现，不同的学习任务可能需要分别或同时应用明确学习和模糊学习，比如弹钢琴就是两种学习类型都有。他们还发现，这些不同的学习类型与不同的脑电波图形相对应。

研究人员表示，发现和分析不同类型的神经信号有望帮助更早诊断出阿尔茨海默病等认知系统疾病，并帮助患者通过改善学习技能或优化训练方法来减轻症状。

——辛华《不同学习类型会产生不同脑电波》

亲爱的小编：

你们好！这应该是我第一次给你们写信。

和许多即将迈入初三的同学一样，我现在也感到了学习的压力。每天只知道读书、写作业、睡觉、吃饭，而且我每天只能睡6个小时，其余的时间都在学习，所以心情变得很烦躁。我是住校生，每天在老师的监督下上早、晚自习，虽然知道学校也是为我们好，但是一周只放半天假，让我越来越觉得学习是负担。

除了偶尔能看看杂志以外，我没有别的放松活动，感觉压力无处释放，这样的日子使我很压抑，请问我该怎么才能缓解现在的“症状”？

期待回复的：林芝羽

小编： 收到林同学的信，小编好激动！冲这诚意，必须给你回复。要问到减压妙招，你可问对人了，小编最大的爱好就是捏方便面！（开玩笑啦）看看名师能给你些什么意见吧！

老师： 初三学习压力大，每一位初三的同学都有压力，有的同学睡眠严重不足，这样感觉就更有压力了。真正的学习不仅仅追求成绩的优秀，而是身心全面发展。每天固定时间加强体育锻炼，是快速缓解心理压力的好办法，我叫它“身心压力转移法”；再者就是加强交流，多和老师、家长进行有效的沟通，有时候我们的压力来自家长、老师，交流让我们取得老师、家长的理解和帮助，会让我们更轻松地面对生活；还有就是坚定目标，不要一味地追求第一，而是追求自己的成长和进步的目标，在学习中找到奋斗的幸福感，只要自己不断进步就与自己和解，哪怕只有一点点，学会在进步中取得进步。

一起读

英国雷丁大学的研究人员让21名7～10岁的学生接受认知能力测试，测试前让他们中的一部分人喝下野生蓝莓汁，让另一部分服用无实际药效的安慰剂。要求儿童看着电脑屏幕上一系列方向各异的箭头，按下与电脑对应的按键，并多次重复该任务。

结果显示，在选择正确的前提下，喝蓝莓汁的孩子选择速度整体上比喝安慰剂的孩子快9%，并且测试难度越大，这种差异越明显。

野生蓝莓含有的类黄酮有抗氧化和抗炎症作用，能增加神经细胞间的沟通，促进大脑细胞再生。研究作者、雷丁大学神经学教授克莱尔·威廉姆斯说：“这是我们第一次看到类黄酮可以给儿童的注意力和执行能力带来积极影响。”

——李悦康《爱吃蓝莓的孩子反应更快》

花睡在窗上

文/[瑞典]贡纳尔·埃凯洛夫

花睡在窗上
灯凝视着光
窗出神地凝视着外面的黑暗
亘古的钟声倾诉着自己百年的光阴
八脚的蜘蛛静静地匍匐在墙角思想
花依偎着灯
灯编织着光
狗蜷缩在角落编织着骨头的梦
炉上的开水壶发出不安分的鼾声
摇篮里的孩子唱着咿呀呀的成长歌
镶着花岗岩的地板等待着某个
脚永远不会踏进门槛的人
一趟承载沧桑的列车
并没有裸露内心的伤疤
但时间却用秒针算计着生命

菜市场里的全球风云人物

文／王子凯

陈树菊终于决定退守了。这个身高1.39米的“凶女人”被苦难攻击了55个年头，2018年2月倒在了自己的菜摊上。病魔选择在盲肠下手，她开了刀，捡回一条命。

病床上，她将菜摊委托给弟弟陈洽明，陈洽明又将它交给自己的儿子经营。在宝岛台湾的台东中央市场，数以千计的菜摊里，这个摊位销售的菜品并不算多，面积也不大。但在过去20年的时间里，超过1000万新台币的款项被陈树菊捐到需要的人手上。

2010年3月，陈树菊和姚明、成龙等48人，一起登上了《福布斯》杂志“亚太慈善英雄人物”排行榜。同年5月，她被《时代》杂志评为“全球最具影响力百名人物”，列第八位，在她之后是众多为人熟知的名字：奥巴马、克林顿、乔布斯……

陈树菊对生活的多数见闻，来自13岁时从母亲手里接管的六口人的吃喝拉撒，相伴而来的，还有母亲去世的噩耗和童年的终结。

因不能在短时间内凑齐5000新台币的手术保证金，陈树菊的母亲被医院拒绝进行剖宫产，贫穷最终将这个靠帮人洗衣养活子女的母亲挡在了生门之外，并告诉她仍存活于世的亲人“有钱才能保命”的生存逻辑。当时陈树菊刚刚小学毕业，她和她的家庭已经没有任何和生活讨价还价的筹码。陈树菊立誓要“拼命地赚钱”，每天凌晨4点，她跟着父亲去批发蔬菜，然后运到菜市场叫卖。卖菜赚钱成了陈树菊抵御厄运的手段。

陈树菊19岁时，三弟因营养不良患病而亡。三弟所在小学的师生自发为他捐赠了部分治疗费用，陈树菊说“这在我心中播下了‘善’的种子”。后来，她向这所小学捐赠了500万新台币。

学校的老师第一次前来协商捐款事宜时，陈树菊向他伸出5根手指。对方一度认为陈树菊慷慨地捐出5万新台币，事实上他眼前的菜贩给出的金额要多出两个零。按照当时台东菜摊三包蔬菜50新台币的打折价格，陈树菊至少需要卖完30万包蔬菜。打包每份蔬菜大约需要花费2分钟，完成30万包则需要1万个小时。

“钱在不需要的人手里，只不过是一个数字而已。”至少相比受捐人，陈树菊认为自己是属于“不需要钱”的人。这种心理在二弟因车祸身亡后更加强烈。“去世的家人们都那么可怜，自己却那么享受”，她自认为是一个活在忏悔中的人。

丧弟之痛后，她更加拼命地赚钱，将收摊时间从中午延迟到晚上。为了能在第二天凌晨一点强迫自己起床，她睡在家里的地板上，后来因为身体酸痛又改睡在长条凳上。陈树菊并不惧怕疾病带来的死亡威胁，生命的告别对她而言并非新鲜事，“我经常梦到妈妈和弟弟，也并不苛求还能活多久，我已经尽最大的能力把一家人养活大了，这辈子也够了”。

2010年，《时代》杂志公布“全球最具影响力百名人物”榜单后，陈树菊因为“自己走了无人照看菜摊”而拒绝领奖。后来在家人和别人的劝促下，她终于决定前往纽约领奖。在走红毯时，她因为脊椎侧弯等毛病，走起来一瘸一拐。前一天晚上，她依旧睡到了酒店地板上，次日还让人带着她去附近的菜市场转了一圈。

青春里最好的方向

文/阿　杜

杨婉如是班上我最讨厌的女生，成绩差就不说了，还打扮得不伦不类，净穿一些稍显成熟的衣服。她当自己是“辣妹”，从不知“矜持”二字。我不喜欢她，甚至看不起她，和她同学三年，却几乎没有任何交情。

我从小乖巧，成绩优秀，是老师眼中“让人放心的学生”，但换上练功服，我瞬间就会变成杀气腾腾的黑带一段，在学校里，我是不动武的，坚持以德服人。刚开始，杨婉如还不知道我的厉害，就想欺负我。一天，因为一点小事，杨婉如骂我，她没想到，我根本连搭理她的想法都没有。

“老大，她蔑视你！”一个爱挑拨是非的女生怂恿道。果然，杨婉如气得不行，挥着拳头想打我，我只用了五分力气，一招过肩摔就把她放倒在地，所有女生都笑了，杨婉如窘得面红耳赤。当众受辱的杨婉如在班上安静下来。我知道她在记恨我，可是谁让她来招惹我？老师拿她没办法，我却不会怕她。

毕业考试很快就到了，我全力以赴朝着自己的目标前进。至于杨婉如一伙儿，没谁关心她们在忙些什么。

毕业晚会是我和几个同学一起操办的，杨婉如一伙儿坐在角落里，我没理会她们。杨婉如竟喝得醉醺醺的，我们没准备酒，只有饮料，我猜想是她自己偷偷弄来的。我看了她一眼，转身走开了，不想与她发生冲突。“杜美薇，”杨婉如直接叫住了我，“你就这么看不起我？连回个头都不愿意？”所有同学都愣住了，大家知道我们是“仇人”。

我转过身大方地对她说：“怎么了，杨婉如同学？”

“你为什么看不起我？你就那么高傲吗？”

“我没有看不起你，可能是性格不同吧！”我不想把事情闹大，尽量控制好语气。只是我没想到，她突然扑到了我怀里哽咽着说：“杜美薇，我也想和你做朋友，可是我……”

她真的有些醉了，走路东倒西歪，说话也颠三倒四。见她这样，我也不好挣脱，她絮絮叨叨半天，说她抱歉，说她对不起我，说她很渴望成为我的朋友。我敷衍着她，心里却乱了。

毕业晚会散场时，我猜想她应该还有话想对我说，搀扶着她，拐到另一条街上时，杨婉如突然说：“你知道我有多羡慕你吗？”我吓了一跳：“你刚才是在装醉吗？”

“一点点醉，那几瓶啤酒于我根本不在话下。”听她这样说，我愣住了。我倒是不怕她，只是我想不通。

“大家都说你好，长得漂亮，成绩又好，哪像我一无是处，你很看不起我，对吧？”杨婉如又扯到了这个话题。于是我说：“我们之间一直没有交集，你有你的活法，我有我的目标，说不上谁看不起谁，只是彼此之间没有交情而已。”

“你们的成绩都很好，老师也喜欢你们……你还那么要强，我也想过要像你们那样，做个好女孩，可现在说什么都迟了。”杨婉如说着说着突然就哽咽起来，“如果以后在街上遇见了，你会对我视而不见吗？”我不知如何回答，按以前我们之间的关系，我确实会这样做。

“我知道很多同学都在背后嘲笑我，说我是‘问题少女’，可是我没乱来，我只是不想被别人忽视……你们都有自己的目标，可是我找不到，像我这种人，以后会怎么样呢……”我无法回答，她想的其实比我想的还多还远，只是她很不确定自己该走哪条路。我们一起走了很久，我终于拉起了她的手，像对我的朋友一样。

“青春里最好的方向就是朝着自己的目标努力前行吧，但首先你得确定自己的目标，这是你自己要考虑的事，没有人帮得了你。没有目标的人生就没有斗志，不是吗？”我第一次把她当成朋友，衷心希望她能走一条适合自己的正确的路，并认真走好。

填坑爸爸的马拉松

文/胡征和

在印度孟买，从2015年至今，人们经常看见一位中年男子蹲在公路上，认真地填充坑洼的路面。这个男人名叫达达劳比尔赫，今年48岁，是一家杂货店的老板，但现在只要提起他，人们都尊敬地称呼他为填坑爸爸。

2012年夏天，孟买进入雨季，很多道路被雨水冲刷得坑坑洼洼，路面上大坑小洞一个连着一个。就是在这样的路上，达达劳16岁的儿子骑着摩托车前进，突然陷入一个半米深的坑，坑里有着浑浊的积水，他的儿子被甩出三米多远，伤势严重，在送往医院的路上，少年的生命从此定格。痛失爱子，达达劳在悲伤中反思，那条多坑的道路才是罪魁祸首，他对妻子说他要把那些杀人的坑填起来，不能让自己的家庭悲剧再次发生。

从那之后，达达劳开启了一场为公路填坑的马拉松，达达劳把家中用于运货的车子进行了简单的改造，挂上“路坑急救”的牌子，然后开车上路了，去寻找一个又一个路坑，不辞辛劳地填上。填坑的原料，大都来源于建筑工地废弃的瓦砾碎石砖头和沙子。

只要出门，达达劳就会随身携带尼龙编织袋，看到可以利用的瓦砾碎石，就如获至宝地装进袋里，日积月累，装了一袋又一袋。

每次铺路的时候，为了安全，达达劳会在路边插一个木棍，上面挂着一块三角形的红布，提示来往的车辆和行人这里正在施工。

杂货店生意清淡的时候，他的妻子也会来做帮手。在填补儿子出事的那个路坑时，达达劳情不自禁地落泪了，手变得沉重起来，动作慢了许多。

填好坑，放下铲子后，他仰望天空，双手合十为儿子祈祷，寄托对儿子的思念。

长年累月地蹲在公路上填坑，达达劳赢得了许多过路司机的点赞与尊敬。有的已经成了熟人，还会和他聊聊家常，夸他真是个为人着想的热心人。而达达劳总爱说那句话：“我不想有人再重复儿子的命运，我所做的事是为了给我儿子一份悼念，一份告慰。”

过去的三年时间，达达劳在孟买的市中心和郊区公路共填了556个坑，许多人得知达达劳的事情深受感动，主动加入他的队伍，一起义务填坑。经常有陌生人停下来帮忙搬碎石沙子，或用小铲子拍打路面。印度电视台曾多次报道达达劳的事迹，称他是真正的印度英雄。他被授予第3届印度骑士，还登上了很多媒体的头条。不少明星来到公路边，与他一起填坑，政府官员也来慰问他，与他亲切握手。

据统计，印度各地2017年因道路坑洼而死亡的人数竟高达3597人，还有上万人受伤，因此，面对荣誉他并不在意，他在意的是这些杀人的坑能早日全部填好，希望有更多的人来填补这些坑，他自己更是一直在努力。在填坑的同时，他还开发了一款名为发现坑洞的手机应用，任何人发现路上有坑，都可以通过这个应用定位，以便填补。

令他欣慰的是，2019年年初，当地的社会组织也加入了他的行动中，开始和他一起填补公路坑洞。“公路坑洞是填不完的，旧坑填好了，还会有新坑再生，你准备填到什么时候？”直面质疑，达达劳说：“现在，无论我走到哪里，我都觉得儿子依然站在我身边，只要我还活着，能走路，就会继续填坑。”

爸爸的马拉松仍在路上，他心甘情愿地坚持着，挥洒着心中的爱与善意。

尴尬体质

文/韦景三

我发现我有一个异于常人之处，那就是每当身边有人陷入尴尬境地时，我就会不可控地做出更尴尬的举动。中学的演讲比赛，排在我前面的女生很紧张，她磕磕巴巴，憋得满脸通红。轮到我走上讲台，我打开演讲稿，感情充沛地念出上面的内容：“慕容雪呼吸急促起来，她浑身无力地倒向龙傲天……”这是我上课无聊时和好朋友一起写的小说。

就这样，从小到大，我一直都是朋友圈里的笑料。我的朋友很多，他们去哪儿都乐意带着我。一开始我以为是我人缘好，后来才发现他们是觉得只要有我在，再怎么也不会难堪过我。

这次是室友要请女生吃饭，本来不该我去的，但他太紧张了，便拉上我。他们约在一家高档的西餐厅见面。巧的是对方也带了个室友。她穿着一身浅蓝色连衣裙，黑色长发垂到胸前。她说了一句“你好，叫我小希就好”后，就不再看我，偶尔和我目光相对也慌忙低下头去。

服务员拿来菜单，问我们牛排要几分熟。小希说：“我要八分熟的。”服务员愣了一下，说：“不好意思，牛排一般只有一、三、五、七分熟度和全熟的。请问您是想要七分熟的吗？”小希的脸一下子红了起来，小声说：“是的。”

我合上菜单，对服务员说：“给我拿双筷子，再来碗米饭。”面对服务员疑惑的目光，我的嘴不受控制地说：“我想吃盖浇饭了。”关于我的谈资从此又多了一笔。

对于这样那样的打趣或嘲笑我早就习惯了。真正让我意外的是，小希主动加了我的微信。她向我道谢说：“谢谢你那天帮我解围。”解围？我只是触发了被动技能而已。但白捡来的人情谁不要？我回道：“不客气。”

她发了一个笑脸说：“你一点都没变呢，还是那么有趣。”“你认识我？”“当然了，不过你好像已经不记得我了。”虽然隔着屏幕，但我好像看到了她失落的样子。“我们从幼儿园到高中都在同一个学校，幼儿园的时候，我们还是同桌呢。”不用想了，我幼儿园的同桌只有一个。我问：“刘小希？”“对啊！”

那天我们聊了很多，我好像是第一次遇到这个姑娘，又好像是已经和她相识许久了。后来我们经常聊天，有时候还一起出来吃饭。再后来，在我们的婚礼上，我的一个朋友问她：“你怎么看上这个活宝了呢？”她说：“这要从我们上幼儿园的时候说起了。那时候我们俩是同桌，有一天上课的时候我突然放了个屁……”台下有人笑出了声。

“同学们都在看我，他就悄悄地打开水瓶子，往自己裤裆上倒水，别人就以为他尿裤子了，所以也就没人再关心刚才那个屁是谁放的。中学时，有一次演讲比赛，我看到那么多人，什么都忘了。演讲完下台的时候我就哭了。他是在我后面演讲的，他和我擦肩而过时，对我说：‘我保证你不会是倒数第一，而且不会有人记得你演讲得怎么样。’”

“总之……”她转过头来，看着我的眼睛说，“真的谢谢你。你曾经跟我说过，你觉得自己就是尴尬体质，但哪有那种体质呢？你只是不想让别人难堪而已。”

宿舍求生手册

文/莫 莫

女生宿舍求生指南

室友对我特别“亲”，从来不分你我！

住宿舍的你会不会偶尔觉得，洗发水、沐浴露用得特别快，小零食吃得特别快，桌上的抽纸也用得特别快？不用怀疑，你的宿舍不是有黑洞，而是你有一个爱占小便宜的室友。

应对方法：她或许不是刻意而为之，只是边界概念比较模糊。首先，收拾好自己的东西，把领地意识展现出来。如果她向你借东西，能借的就借，不能借就直接拒绝。当然拒绝也分情况，如果对方脸皮薄，你就说得委婉点；如果对方大大咧咧，你就开玩笑般说说；如果对方确实搞不清状况，你就清晰直接地告诉她。当然，依旧要注意说话的语气和态度，尽量真诚。如果她依然意识不到自己的过失，那就买几把质量好的锁吧。

一个寝室四个人，最多能建几个群？

微博上曾经有一个热门话题：“女生宿舍的关系到底有多复杂？”寝室住了四个人，一共五个微信群。女生宿舍的风风雨雨，令人难以言喻。身边总会有女生说：“和女生打交道太累了，每天小心翼翼，如履薄冰。”

应对方法：我们没有办法选择室友，但我们可以选择自己的人生。当你觉得室友有一些不好的行为，可能会影响到你时，那就选择不面对好啦。心理学有一个“吸引力法则”，说得俗一点就是物以类聚，人以群分。你既然觉得室友不能带给你正确的、积极向上的三观，那就多结交一些你向往的朋友，让自己变得更好。

男生宿舍求生指南

不洗衣服、不洗澡，汗湿的袜子干了是3D的。

宿舍住久了，就会发现总有人不会换双干净袜子穿，而是在七八双臭袜子里闻个味儿淡的穿；白短裤都能穿成灰的；洗脸洗脚都用一条毛巾；床单正面脏了铺反面，反面脏了再铺正面；一个冬天不洗澡，随便甩甩头发就能在南方的艳阳天里“大雪”纷飞……

应对方法：对他的“嫌弃”不要过多地表现于外在，学会迂回地提醒他。例如，当他衣服有了异味，你凑近闻闻说“你身上好像有股味道”。他也许会说没有，这时你可以笑着说“可能是我鼻子出毛病了”。在一天内，分时段多次说类似的话，不断暗示他。或者邀他去打球，出一身汗，回寝室之后客气地对他说：“你先洗澡。”他还能不洗？同时，保持自己的干净卫生，非常大力地洗衣服，让他看到；经常擦拭自己的桌子，让他看到，潜移默化。

明明肢体健全，有力气打游戏，没力气自己去吃饭？

每个宿舍都会有“宅神”，只要上床就不愿下床，吃饭都靠别人带。其实，帮忙带饭也没什么，可有些人会把这当成理所当然的事，偶尔一次不想给他带了，却还会被骂小气。更尴尬的是，刚开始带饭还会立刻给饭钱，次数多了室友就会忘记。

应对方法：如果是朋友，就该陪你去吃饭，而不是让你带饭，重点还是长期。可以半开玩笑地说：“就这一次，下次不管了啊！”或者告诉他，外卖不错，订外卖吧。你也可以回避，临近饭点的时候不要待在宿舍，或者什么都不说就出门吃饭。打电话叫带饭的话，推说没听见/不去那边/吃过了。不是教你使诈，只是希望你勇敢地说出拒绝的话，学会拒绝是生存的基本法则。

妈妈有颗少女心

文/徐一驰

同学和朋友第一次见我妈，一般都会问我个问题，“你是阿姨亲生的？怎么长得差这么多？”我妈虽年龄奔五，依然肤白腰细大长腿，加上时尚有气质的装扮，确实不太像是有个二十岁女儿的人。我这个样貌普通的女儿，一直在我妈的美貌碾轧下没心没肺地生活。

若要细究我妈缘何常葆年轻，大抵还要归因于她那颗“少女心”。我妈对自己可谓宠爱至极，护肤调理是每月必修，基础保养是日日必备，至于什么场合搭什么妆容、什么衣服配什么首饰或者哪家化妆品又出了新色号，更是头头是道，令我汗颜。

逛商场时，我妈是坚决要去看少女装区的，有些我都嫌太过嫩的配色或款式，她却喜欢得很，这个时候我都会同那些陪女友逛街的男友或陪女儿买衣服的阿姨一起，沦落为“更衣室前拎包的”。偶尔我们也路过那些她口中的“熟龄品牌”，她指着架子上颜色沉稳、款式保守的衣服悄悄问我：“宝呀，你说妈到什么岁数才会穿这种衣服？”尽管我心中腹诽“这不就是你同龄人穿的吗”，口里却默契道：“大概等你当了姥姥以后？”

不只是重视外表，我妈对于新鲜事物的接受能力也着实强大。逛淘宝、刷微博、聊微信、玩直播，这些新鲜玩意在我家全部是由我妈首开先河。特别是自从用了微信，我和家人的通话统统被视频聊天替代，我妈夸我容光焕发，我赞我妈精神抖擞。翻看我妈的朋友圈，更是活脱脱的小姑娘情态，今天约朋友吃了下午茶，要秀一拨，明天拉着我爸去爬了山，也要炫一下。

可能“少女心”对我妈来说还远远不够，她更加在意的是如何维持自己的“少女感”。在她看来，保持轻盈的体态和朝气蓬勃的状态才是对自己负责任的做法，而这可比简单的梳妆打扮难多了。所以她极为克制，重油重盐的食物坚决不吃，暴饮暴食绝对摒弃，健身更是她保持多年的习惯。我也用这件事和她开过玩笑：“妈，你这么与时俱进，怎么不去加入楼下的广场舞大军？”通常我妈会回个白眼：“我可是练瑜伽的人！”

说我妈“少女心”也在于她对待生活的态度。我的忧患意识比较重，做事情容易思前想后患得患失。刚到台湾做交换生时，人生地不熟，初次实习面对不同于象牙塔内的社会环境时，心情特别低落，这时妈妈的乐观和积极便成了我极好的治愈良药。她会耐心倾听我诉苦，帮我一同寻找解决问题的有效方法。久而久之，我也受她的影响慢慢豁达起来，懂得去欣赏并感恩生活中的“小确幸”。

前两天回家，看到阳台上我妈悉心侍弄的几盆花开得正好，和她新染的头发一样绚丽。我想“少女心”不是矫揉造作也不是无病呻吟，不是叛逆也不是玻璃心，它应该是一种对自我的更好期许和努力，也是对万物的好奇和开怀相拥。愿我妈能够永远少女，也愿我能像她一样“永远年轻，永远热泪盈眶”。

一起读

我同他追踪一只寄居蟹
沉涵于这样的细节
也包括脚下的沙砾
有时，望一眼彼此
送去一些问询
无意间发现了自己
回首，路途已远
我们迎着落日
似乎并不恐惧
下一个巨浪来袭

——于小芙《我同他追踪一只寄居蟹》

你为什么会迷恋路边摊

文/01dxu

食色，性也。

路边的野花不能采，路边的小吃却惹人爱。路边摊每天准时准点出现在城市的某个角落，让一批又一批食客眷恋。它散发出的迷人香气，撩动着每个沿路走过饥饿的灵魂，像是食欲河流上的一处小渡口。

不管叫“苍蝇馆子”还是“野馄饨”，各地对遍布城市角落的简陋美食摊铺都有着宠溺式的喜爱。

相对于正规餐厅和家中厨房端上桌的菜肴，路边摊作为十足的“非主流”被挡在正统中餐之外。它们低到尘埃里，简陋粗糙难登大雅之堂，但它们也同样是鲜活美味让人欲罢不能的，是生生不息的市民文化产物。

从用餐环境到烹饪方式，路边摊上的美食都是相对于主流正餐的“民间”代表。中国的“国”与“家”常常被视为具有相同的结构，因而家常小菜在本质上与国宴大餐并没有区别，顶多也就有食材和烹饪技巧的高下之差。但路边摊不同，它们浑身散发着油油腻腻的烟火气，在街角召唤着一颗颗蠢蠢欲动的心，拉他们渡过食欲的河流。

在放下工作之后，坐上餐桌之前，来一碗路边的豆花，撸两串街头的烤肉，甚至都不坐下也不停留，小吃在片刻间诞生，也在片刻间被消灭——全部过程都只发生在路边，在摊头。

美国人类学家罗伯特·雷德菲尔德提出“大传统和小传统”的概念来解释复杂社会中“高雅”与“通俗”之间的联系。“大传统”作为社会的主流文化价值体系被懂得利用语言文字的知识分子掌握和传播，而“小传统”则属于民间，生长于草莽，受到主流价值观的影响和教化。在人们为《舌尖上的中国》里饮食文化的博大精深赞叹不已、狂咽口水的时候，路边摊却作为“小传统”的代表，日复一日出现在我们城市的各个角落，满足了无数挑剔的味蕾，温暖了千万饥饿的灵魂，不言不语。

路边小吃因为遍及各处而时常被谈论食文化的人们遗忘。但夏日傍晚街头背着书卷的学生党和平日繁忙的上班族三三两两，左手烤串右手啤酒，大口咀嚼着草根文化，难道不正是“大传统”和“小传统”最生动、最有烟火气息的交流？

分量不大但口味强烈，刚好作为零嘴装点单一主食——路边摊就是这样一种补充式的存在，热爱路边摊的人们已经把它变成了一种独特的亚文化，骄傲地告诉世人：我就好这口！

在谈论“大传统”影响“小传统”的时候，人类学家王斯福认为主流文化的传播过程并不是单向且一成不变的，而是时常被

“重新解读”。中国四大菜系用料考究、烹饪方式繁多且精致。

而当美食落入凡尘，路边摊日常通俗的做法似乎更加方便快捷，也更贴合大众对口味刺激的狂热。

想要保持鲜嫩？这里有最旺的火；想要香脆可口？这里有最重的油；不甘平淡？一大勺盐足够；追求刺激？锅边两大碗辣酱管够。

如果不爱油腻荤腥，路边还有简单质朴的煮玉米、烤红薯和静谧滋养的甜汤——虽然默默无闻，路边摊却绝不逊色于“居庙堂之高”的正统美食，花样繁多动静皆宜，生活的酸甜苦辣顷刻间被吞食、被消化。

为什么有那么多人迷恋路边摊？大多数人的回答恐怕都会提到“回忆”——路边摊对于味觉的照顾很容易让人形成一种依赖，它们自小伴随着我们，和我们的成长轨迹连在一起，自然成为我们回忆过去的味觉代表。

棉花糖、爆米花、老冰棍、酸梅汤，一说起这些词，味蕾和腮腺就开始跃跃欲试。更不要说路边的煎饼馃子和啤酒烤串，简易的煎锅和烤炉上，食物和着油噼啪作响。

心理学家荣格提出“原型”概念时说：“原型是人类原始经验的集结，它们像命运一样伴随着每一个人，其影响可以在我们最个人的生活中被感觉到。”路边烧烤的制作方式和摊铺本身一样简易，食物成串放在火上，自然的味道被激发出来，这在某种程度上可能恰恰是对蛮荒时期饮食状态“原型”的直接映射。

在路边摊上，你可以看到食材变成食物的美妙过程，这对无数吃货来说是无法拒绝的视觉与味觉享受。

如果说撸串儿能直接唤起回忆，是对逝去时光的复刻，那么路边摊简单甚至相对粗糙的烹饪方式下形成的鲜香口味，不也恰恰是生活的粗粝和精彩这一体两面的反射？

除了口味，路边摊的另一个优良品质在于轻松。相比餐桌上的正襟危坐，在路边摊你可以随便地吃喝——油腻的桌板、胡乱堆叠自行摆放的凳子、一次性的餐具似乎都在告诉人们：一切随意，爱咋咋地。

吃过路边摊的人都知道，草根美食与生俱来的特性就是不稳定。

小时候父母的唠叨像紧箍咒一样牢牢地锁着我们。

“从前有个小孩天天吃路边摊，后来他死了”——这种麦兜妈妈式简单粗暴的劝诫绝不少见。因此，对于小时候的我们，吃路边摊甚至具有了一种叛逆的意味，而所有这一切都构成了我们对路边美食勾连起过去回忆的珍视。

有一天，“小传统”可能登上“大传统”的舞台，路边摊也会走进“庙堂之高”。但这往往会造成一种悲剧，比如饱受吐槽的肯德基油条。丢失了一切正统价值观下“不健康”“不卫生”的要素，油条再也不是油条了。

爱吃路边摊的食客已经形成了一种亚文化式的骄傲：我们吃的是一种feel（感觉）。

暮色降临，华灯初上。“华灯”耀眼，但只是飘浮在城市顶端、楼宇深处。与“华灯”一起点亮的，还有夹在高楼缝隙中、不明幽深小巷里各色小吃摊上悬挂的灯泡。

灯泡随风摇晃，照得摊主们摆出来的食材忽明忽暗。炉子生起，香气飘散，忙碌一天的学生与上班族驻守一旁，等待出锅的那盘闲适和温暖——在不少人眼中，这才是一座城市鲜亮的原因。

抄句子

在一个纯洁的灵魂里，即使最悲惨的命运也会转化为美妙的存在。——[比利时]梅特林克

世界上什么事都可以发生，就是不会发生不劳而获的事。——[美]洛克菲勒

梦把天空顶高，让土地更辽阔。——刘亮程

减肥是个力气活

文／肖 遥

关于减肥的话题，每过一段时间就会卷土重来。年初聚会，几个大胖子表兄妹们互相激励着一起减肥，还定好了奖惩制度，成功者获奖1万元，从失败者的押金里扣。参与比赛的都交了押金，几个不太肥的也乐呵呵观战。今年长假又聚，发现有个大胖子活活减下来20斤！这引发了更大面积的焦虑，连那些不太肥的都恐慌了，因为马上就没有比你更肥的垫底了，你有可能会成为那个最肥的了！

我妈一直昧着良心夸我表妹："减肥减得人都漂亮了，轮廓清晰了，线条出来了，不像某某（某某就是说我），看看现在胖成个啥了？"一边说，一边又递给我一个包子。某某正襟危坐表示会虚心听取表妹传授减肥秘籍，其实某某更想听的是她如何烧排骨，怎么做香辣蹄花。表妹从前开过私房菜餐厅，以上两者是她的招牌菜。可她如今皈依了减肥教，想必和这些美食成了死对头，就不好再提了。

表妹给我们发了减肥食谱，把我拉进了减肥群，群成员天天发一日三餐，以便互相监督。减肥食谱里规定，早晚餐都不能有碳水化合物，所有淀粉类的诸如土豆红薯莲菜山药什么的也不可以蒙混过关。蔬菜、酸奶、木耳这些只能挑两样吃，往饱了吃。我试了，只吃青菜木耳，还没吃饱就吃腻了，胃口不好的，吃上几次就吃伤了。两样往饱了吃，其实就是让你不要吃饱。这个制定减肥食谱的人简直居心叵测：让你对食物的兴趣降到最低，办法就是把食物变难吃，令人吃到烦，吃到没胃口。

依据减肥餐吃到第三天，的确感觉身体轻松了，但并没有传说中的愉悦感，相反，变得不那么愉悦了。凛冬将至，饭都吃不饱，愉悦个啥？再坚持了几天，更多的负面情绪出来了：心火大，死心眼儿，发脾气，还没劲儿发脾气……再这么下去恐怕要抑郁了。

尽管他们安利说减肥是个技术活，可事实会告诉你，减肥其实是个力气活。需要使尽全身力气去对抗食欲，直到你再看到主食和肉类就跟看到毒药一样，对很多食物也变得不友好，这令我感到很愧疚，毕竟食物并没有像我这么小心眼儿。尤其是饥肠辘辘的冬夜，走在回家的路上，炸酥肉、烤鱿鱼、炒毛栗子、豆皮涮牛肚……这些闪耀着黄金色泽的食物，它们不计前嫌，依旧用馥郁的香气热情地招呼我：来吃呀，来尝呀！干吗不呢？

放弃减肥前，我给自己找了不少理由：想来那些痴迷于减肥的人，怕是生活中没别的可坚持了，折腾啥都不容易——炒股易赔钱，恋爱会受伤——不如折腾自己身体吧……为了不纠结不患得患失，向食物投降更义无反顾些，我还融合了身体美学方面的思考：所谓管理身体，管理情绪，管来管去是想把自己管成整齐划一完美无缺的机器型人才吗？这难道不是人类面对机器人时代的集体焦虑感？说得好像早一天向全能偶像看齐，就能不被偶像抛弃似的。

不会表达的哥哥，别把我落下

文\Venust

李先生：

前段时间，我看了《快把我哥带走》这部电影。回家的时候，我说，你一定要去看。不过，你还是没有看。

电影里面，哥哥把妹妹存的钱拿走、抢妹妹的烤肠，这些画面让我感到熟悉，我记得你以前也干过这样的坏事。以前我经常和你抢零食、抢玩具，一吵架就动手，又打不过你，最后哭得稀里哗啦的。

不过，我还是会想到你对我的好。小时候，我被同学欺负了，你会来到我的身边保护我，说："谁敢欺负我妹妹？"每次你说这句话的时候，你在我心中的形象就变得非常高大。我还记得你买了零食，都会给我一半，我和你玩《三国杀》，我快"死"掉的时候，你总会饶我一命……

我还跟着你一起和男生玩捉迷藏、翻墙，一起看《神奇宝贝》《四驱兄弟》，一起玩溜溜球、四驱车……童年时期，我们几乎形影不离，干什么都在一起。很感谢你，陪我度过了这么有趣的童年。

每当我很骄傲地把这些往事说给同学听，她们会说："那你和你哥的关系应该很好啊！"我会告诉她们，现在一点都不好。在说出这句话的时候，我的心有一块地方空了，有种怅然的失落感。

上了初中，你进入叛逆期，脾气变得暴躁，经常和我争执，动不动就闹翻。每天一小架，三天一大架。我们不再像小时候那样很快和好。渐渐，那些存留于心中的美好也被吵架淹没了。

我上了高中，在学校住宿，和你相处的时间少了，不了解你的近况，也碍于面子，不肯问你。最后那点沟通和交流都没有了，我们一见面不是冷战，就是吵架，最后，连话都不说了。心中那间你住着的小房子就这么崩塌，而联系着我们的纽带也被磨蚀断了。你好像从我的世界里消失了。

我们在一个不会表达爱的家里长大，对对方的关心往往说不出口，而轻而易举说出的都是些不好的话。我是刀子嘴豆腐心，每次对你说了刻薄的话，事后都很后悔。你不认真学习的时候，我总爱把话往狠里说，想用激将法激起你好好学习的决心，奈何，这只会引起你的反感，其实我还是很关心你的。

以前同学说羡慕我有一个哥哥，我总会说："一个只比我大两分钟却经常欺负我的哥哥，我一点都不想要。"但现在我发现，我还是庆幸有你这个哥哥。

我发过很多锁上的朋友圈，那些都是想对你说的话。如今有机会把憋在内心许久的话说出来，舒服多了。虽然这封信你未必会看到。以前总是你付出很多，我付出很少，现在，换我来付出吧。

哥哥，别把我落下了。

爱你的妹妹

二〇一八年十一月五日

一个父亲写给女儿的信

文/吴 辉

一位大学教授，给刚考入大学的女儿，写了一封信，提了9点建议。这封信打动了千万父母，内容如下：

宝贝，光阴似箭，转眼你就上大学了。按理说，18岁就是成年人，我本不该有什么担心，只是你从没离过家，我总担心你在外面照顾不好自己。你讨厌说教，但我仍要啰唆几句。对你未必有效，对我却是安慰。

关于道德

道德首先是一种实践，善良不能仅存于心。记得有一次坐公交车，我给一位老人让座。当时你说，没想到我会给人让座。你们说，做的时候有点不好意思。我理解，但一件好事，不存私利，怕啥议论？

关于专业

挑专业就是挑兴趣，不要用利益标准衡量。专业的好坏是相对的。专业再热，你不喜欢，没有意义。做自己喜欢的事，看自己喜欢的书，是人生一大享受。任何专业，只要学得足够好，不愁得不到别人不曾得到的。

关于知识

“读书无用论”是存在的，但个案不能说明问题。读书有没有用，不能只用“金钱”衡量。知识使人生拥有更多可能。知识决定一个人的气质、趣味、眼界……这些都是影响生活质量的关键因素。

关于阅读

大学自由很多，挥霍自由的人也很多。他们逛街、打游戏，就是不肯阅读。趁年轻，认认真真跟好书来一次热恋。走上社会你就知道，抽出时间来读书是多么不易。我还强调读好书，一个简单的方法是读经典。

关于竞争

如今规则会越来越公平，竞争会越来越残酷。爸爸办事不喜欢求人。当初县城招聘6名老师，我考了第3名，没有被录取，没关系，第二年我就考上研究生，离开了那里。靠实力虽然辛苦，但于外能赢得尊重，于内能得到心安，多好！

关于漂亮

适当买些新衣服，戴首饰点缀，用化妆增色，都是可以的。当然，漂亮不仅仅是指外表。言谈举止，会传递风度；待人接物，会暴露修养。知识是最好的化妆品，良好的素养会让人更有魅力，更有吸引力。

关于恋爱

感情不是拿来玩的，恩爱不是用来秀的。你的爱人不是你的私有品，不要轻易打扰他，不要牢牢限制他。你是女孩子，要懂得洁身自好，什么事可不可以做，要想清楚。

关于交友

大学也是交友之地。人的一生一定要有几个交情过命的朋友。各地都有人值得你牵挂，到处都有牵挂你的人，你会觉得世界充满阳光，心里如沐春风。希望别人对自己好一点，自己首先就要对别人好一点。

关于时间

时间最公平，每个人的一天都是24小时。时光也最不为人所珍惜。适当参加社团活动是好事，但太多了会使时间以各种名义被浪费。网络很便利，网络也很误事。不妨让时间花在更有意义的事情上。

宝贝，说一千道一万，都不如你亲自去实践。爸爸不能教会你所有，也不能陪伴你一生。希望这些建议能有益于你。无论何时何地，都要快乐幸福。你若安好，我便幸福。

有滋有味的贫穷生活

文／[日]岛田洋七

我读小学低年级时，战争伤痕犹深，大家都穷，很多孩子都吃不饱饭。于是，学校会定期为学生做营养调查，问些“今天早上吃了什么”“昨天晚上吃了什么”之类的问题，我们就把答案写在笔记本上交上去。

“早饭吃了龙虾大酱汤。晚饭吃了烤龙虾。”

班主任看我连续几天都这样写，有一天放学后，他表情狐疑地来到我们那破破烂烂的家——他大概觉得这么穷苦人家的小孩，每天都吃两餐龙虾太奇怪了。老师把笔记本拿给外婆看，问道：“这是真的吗？”

我气呼呼地辩驳说：“我没有说谎，对不对？阿嬷，我们每天早饭、晚饭都是吃龙虾嘛！”

外婆立刻哈哈大笑。“老师，对不起，那不是龙虾，是螯虾，只是我都跟这孩子说那是龙虾……”没吃过龙虾的我，真的相信她了。

又有一次，发生了这样一件事。

夏天，我到朋友家玩，发现一个有趣的东西——西瓜做的面具。就像现在万圣节时大家用南瓜做的面具一样，那个面具是用西瓜皮做的。

“真有趣，真好玩。”见我赞不绝口，朋友就把那个西瓜面具送给了我。我喜不自胜，很郑重地抱回家给外婆看。外婆也赞赏地看着。

晚上睡觉时我把西瓜面具放在枕边，打算明天带到学校向同学们炫耀。可是早上醒来，一睁眼，发现枕边的西瓜面具已经无影无踪了。问外婆：“阿嬷，我的西瓜面具到哪里去了？”

“啊，那个啊……”外婆笑嘻嘻地让我看看玻璃盘子，西瓜皮正腌在盘子里。

在穷人生活中，最要紧的是每天的饮食。屋子虽破，还能遮风避雨；衣服不求奢华，也不愁缺欠，总有表哥穿过不要的给我。只有饭是每天非吃不可的，因此外婆在吃的方面也就格外精明。

首先，外婆很爱喝茶。喝过茶就会有茶叶渣，她把茶叶渣晒干，用平底锅煎脆后撒上盐巴，就变成“茶叶香松”。再就是鱼骨头。“鱼骨含有钙质，吃吧。”外婆这么说着。但总有些鱼骨头是嚼不碎的，外婆就把这种鱼骨头放在碗里，倒进热开水，冲成骨汤喝下去。这还没完哪，剩下的鱼骨头再晒干，用菜刀剁碎，压成粉，当作鸡饲料。

外婆总是这么得意地说：“只有可以捡来的东西，没有应该扔掉的东西。”

一起读

“读书破万卷，下笔如有神。”一千多年来，大家都觉得这两句诗说得很有道理.郑板桥对这两句诗好像有点不同的看法。他也写了几句诗：“读书数万卷，心中无适主。便如暴富儿，颇为用钱苦。”该怎样认识他们的分歧呢？“读书破万卷”，所强调的不是万卷之多，而是要深入理解。古希腊哲学家亚里斯提卜有一个形象的比喻：“能够摄取必要营养的人要比吃得很多的人更健康。”他从正面说明了读“破”比多读更重要的道理。“读书数万卷，心中无适主”，改“破”为“数”，表明郑板桥不是在批评杜甫的看法，而是在批评食而不化的读书作风。这种人读书越多越无主见。郑板桥将其形象地比喻为钱多而不知如何用的“暴富儿”。

——王昌铭《“破”与“用”》

重症室门口的三点钟

文/大公子

急诊大厅，沿着地面绿色的“心梗、脑卒中绿色通道”，走到直达12楼急救中心的电梯，出了电梯，就是神经内科脑卒中急救重症室了。

下午3点不到，家属探望室的门口就聚满了人，等候着第一道门的打开。我是第N次站到这个门口等待了。老母亲突发脑梗，凌晨1点被送到这里，经过急救，生命体征已经正常，但是右半边身体没有知觉，不能正常说话，好在神志还算清楚，能吃东西，看了我们会微笑，医生说要在重症室治疗观察一段时间。

每天只有半个小时的探视时间，就是下午3点至3点半。每天3点不到，探望的家属就从各处赶来，焦急地等候在门口了。这是全市的一个重点医院，脑卒中急救室也比较大，里面住了十几名在抢救的病人，每天来探望的家属以两倍三倍计算，就是三四十号人了。第一次探望的时候，往往家里人都来了，一个人只能进去四五分钟，还要换白大褂、套鞋套、涂消毒液，紧张得像打仗一样。

面对紧紧封闭的重症室大门，在外面等待的人群肃穆无声，互相展现的都是急盼、焦虑、忧郁的眼神，当然也都是充满希望的眼神。一位护士打开门出来，大家一拥而上，护士连忙说：“还没到时间，请大家不要急。”几天下来，我们都熟悉了，到了之后会互相亲切地点点头，时间宽裕也会互相问问病情。

印象最深的是一位80多岁的大爷，穿一件红色羽绒衫，每天早早就站到大门边，陪同他的是一个穿黄色短羽绒衫的漂亮女士，是他的女儿。我说：“大爷，看老伴？”女儿答：“是的，我爸每天都要来看。还说我们要穿鲜艳一点，要引起我妈的注意。”大爷说：“我82岁了，她才75岁，怎么她就先脑梗呢？我们结婚55年了，她现在不能说话了。”

走廊墙上的电子钟的长针走到12，大门开了，一位胖胖的护工拿着消毒水站在门口，大家一拥而入，进入二道门换衣服。这半小时，进进出出，匆匆忙忙，有笑着出来的：今天不错，讲话了！有的眼泪汪汪，一句话也不说。穿黄羽绒衫的女士出来后，一边帮她爸爸穿白大褂，一边说：“妈妈今天有点发热，你要叫她加油！要有信心！”

探视临近结束时，过道里突然跑过来一位小姑娘和一位老大娘。老大娘戴一个蓝色三角头巾，明显农村人打扮，气喘吁吁地问：“抢救室26号是在这里吗？”好不容易问清姓名和病区，已是3点29分了！大家说快进去，没时间了！七手八脚帮大娘穿上白大褂，把她推进重症室大门。我问小姑娘：“看谁？你是她女儿？”小姑娘说：“我是她邻居，来看她儿子，才40岁，说得了癫痫病，在这里抢救。她家没有人在，我就陪她来了，上午坐大巴从和县来的。医院太大了，找了一个小时，才问到这里。”

重症室门口的3点钟，我看到了满满的亲情、爱情和友情！人类也许抗拒不了疾病的侵蚀，但人间的真情能温暖珍贵的生命。

抄句子

我发现一个人在放弃给别人留好印象的负担之后，原来心里会如此踏实。一个人不必再讨人欢喜，就可以像我此刻这样，停止受累。

——严歌苓

我们听到的一切都是一个观点，不是事实。我们看见的一切都是一个视角，不是真相。

——［罗马帝国］马可·奥勒留《沉思录》

虚荣总是建立在我们相信自己是受人注意和被人赞许的基础上。

——［英］亚当·斯密

苦瓜，蜂蜜和外婆

文/袁贻辰

记忆里，我的高三透着一股涩涩的蜂蜜味道。

那是独属于外婆的特色菜——冰镇苦瓜散发出的诱人香气。苦瓜洗净了，切片，裹上厚厚的蜂蜜，再塞进冰箱。等到中午放学的我跨进家门，这道冰冰脆脆又甜甜苦苦的菜就上桌了。

父母因为工作，把还是婴儿的我扔给了外婆。那是1992年，身为高中教师的外婆已经到了退休的年纪。我成了她最后一名学生。

笔都拿不稳的年纪，我活动的空间被外婆束缚在了一张书桌上，我要练字，还要写日记。我不懂日记是什么，桌子那头的外婆就问我，想不想妈妈？七八岁的孩子一下子被戳中了伤心事，我哇哇大哭。妈妈因为工作的关系去了北京，一年到头见不到人。外婆摸摸我的头说：“给你妈妈写点东西吧。”

有时候日记写一阵哭一阵，外婆就一把抱起我，搬到椅子上，指着中国地图，告诉我，那里是北京，这里是四川。那距离可真远，她的手掌抻开了也无法抵拢。

毕业那年，父母希望我留在成都本地，只有外婆一个人最先站出来，让我去北京实习。外婆跟我说，人活一辈子，要做自己喜欢的事情。

高一那年，家乡遇上了汶川特大地震，在摇摇晃晃的单人床上，我从午觉中惊醒，听到她用沙哑的声音吼叫着我的小名：“快跑啊，小石头，地震啊！”

外婆一直握着沙发，在左右摇晃的失重中努力保持着平衡，持续地喊着我。我从卧室冲出来，和她一起跑出院子。我在逐渐模糊的双眼里，看清了她的手，那双像磨砂玻璃一般的手，彻底没了血色，指甲发白发青。

褶皱完全占领了那双手，血液看起来像是已经被熬干。但是在那个吃不饱饭的年代，外公外调工作，那双手拉扯大了三个大学生。大舅舅沉稳，二舅舅内敛，小舅舅调皮，外婆苦恼孩子吃不饱饭，她就拿出扑克牌，教孩子们打牌、“算牌”，又悄悄跑去学校的阅览室“借”书，三个孩子，一个传完又传一个。

我是她带大的第四个大学生。跨越30多年，生活条件改善了，食物也变得多样了，唯一没变的，好像是外婆有些糟糕的厨艺。冰镇苦瓜算是她为数不多能拿得出手的食物了，高三那年几乎三天两头就得和这道“外婆家招牌菜”打个照面。那东西看起来很好做，可我无数次尝试，却怎么也做不出外婆的那种味道。

我后来想，那道外婆的招牌菜也许只有她能掌握苦和甜的奥秘。80余年的人生让她清楚知道苦瓜的厚度如何，苦味又如何，又知道抹上多少蜂蜜最为适宜。

最后一次吃到冰镇苦瓜，是高考结束后。外婆眼睛红了，她说：“你是我这辈子教的最后一个学生。”

“毕业快乐。”她夹了一大筷子冰镇苦瓜给我。

我鼻头酸酸的，最后瓮声瓮气地回了一句：“外婆，毕业快乐！”

弟弟的手托起哥哥的梦

文/裴江文

哥哥吴建早因事故失去双臂，弟弟吴建智成了他的“双手”：系鞋带、上厕所、端水……十多年来，弟弟用自己的双手托起了哥哥上大学的梦。

年幼的意外，小建早活了下来，却永失双臂。父亲吴朝美心里清楚，对他过多的关注其实是在害他，毕竟父母无法陪伴他一辈子。没有上过一天学的母亲鲁润芝也明白这个道理，夫妻俩很快达成共识。兄弟俩走出大山，路只有一条：读书。

读书就要面临写字这个问题，没有手怎么办？吴朝美开始有意识地培养吴建早用脚写字。一个简单握笔姿势，吴建早也要反复练上很多回。用脚穿衣、吃饭、刷牙、洗脸……现在吴建早能用一双脚来完成日常生活中的绝大部分事情，生活基本能够自理。不仅如此，吴建早还学会用脚打字、上网……2006年，8岁的吴建早和比自己小两岁的弟弟吴建智一起走进学校的大门，成为同班同学，而且是同桌。从那时起，吴建智为哥哥洗澡、洗衣服、穿鞋子……

在吴建智眼里，哥哥是一个积极乐观的人，并没有因为身体残疾而看轻自己。生活遭遇也让吴建早学会珍惜很小的幸福。在吴建早看来，弟弟早就成为自己生命中的一部分。“命运让我失去双手，但也让我得到了最好的兄弟。”“有时候觉得是自己拖累了他，他本可以有更多属于自己的时间。”在吴建早看来，自己让弟弟的人生少了很多种可能。

“我要好好上学，学一门技

术，以后能养活自己。”吴建早从上小学的第一天起，即使遇到再多的困难也没有想过退学。按照吴建早的理解，这是唯一不拖累弟弟和家庭的路。

今年高考，吴建智考了480分，而吴建早只考了404分，分数相差76分。弟弟的分数超过云南省二本线50分，哥哥的分数只够上专科。这意味着，如果继续一起上学，弟弟可能要放弃本科；如果分开，哥哥可能就要放弃继续读书。

“每天都很焦虑。”18岁的吴建智清楚自己的抉择将会影响哥哥人生的走向，吴建智的困扰被班主任万太娇看在眼里。“要不你把你和你哥的故事写出来，我帮你找媒体报道一下，看有没有学校可以同时接收你们兄弟俩。”万太娇为两兄弟出了主意。

“即使已经习惯了弟弟日常的照顾，但如果要牺牲弟弟的前途来完成自己的梦想，那就太自私了。”吴建早盘算着，先让弟弟正常填报高考志愿读书，自己复读一年，争取和弟弟考到同一所学校。

吴建智没有想到，自己的这封求助信会引起广泛关注。云南省内几所高校陆续表示招收意愿。其中，昭通学院欢迎两兄弟报考，学校将会最大限度地帮助兄弟俩解决生活和学习上的困难。昭通学院是当地一所办学质量较好的本科院校，离家较近、学费相对较低、学校办学质量较好都是吸引他们的原因，兄弟俩最终填报了昭通学院。

昭通学院特意把学不同专业的兄弟俩安排在一个宿舍。为了让吴建早更好更快地适应大学生活，学校还为他购买了无线鼠标、无线键盘、数位板等专业器材。兄弟俩的大学生活从此展开。按照兄弟俩的计划，他们将在学校开展勤工助学，帮家里减轻经济负担。“这两兄弟很懂事，也很乐观，他们的故事也真真实实感动了我们。”物理与信息工程学院院长卢巧表示，“学院不会让一个学生因家庭经济困难而失学。”

吴建智希望哥哥能像张海迪一样，活出不一样的人生。“一辈子的路还有很长，我愿意一直做他的双臂，完成他的梦想。”

她是光明使者，负起我们青春的誓言

文/陈璨

九月，一群失意之人，满载忧伤以及那一本本厚厚的书，再度杀回战场。一个胖乎乎，留有一头灰色卷发，憨态可掬的老太太走进教室。老太站在讲台上凝神不语的时候，教室里细细的私语声一浪高过一浪。“哇，居然是个老太太。”“这么老了，教书能行吗？”“老太太好啊，看看，多慈祥……”

当大家你一言我一语地滔滔不绝时，窗外秋阳四溢，却突然下了一场冷雨。“看看你们，什么样儿？逼到现在的绝境，还准备做一只酣睡的狮子，等着成为其他勇者口中的猎物吗？”一句五雷轰顶的轻蔑，重重地砸向我们。

如果初次见面的骂声是开场白，那紧随其后的则是磅礴歌曲的内容续写。我们作为文科生，天生的理科反应迟钝，而数学一次次给我们带来锥心的痛。

许多老师管辖的范围仅限于课堂45分钟，课后的理解与探索则完全靠自己。廖老太不同于他们，她总是扮演着那个神出鬼没的侦察兵，考试中时而四处张望的眼神，会在一蹙之间与窗外秘密观察的廖老太撞个正着；晚自习按捺不住寂寞的同学与同桌热情畅聊时，迎门而入的廖老太一道怒杀目光，立即将一切变得宁静；就连课间，凡是她经过教室，若是见你毫无诚心学习，与同学嬉闹不停，一场噼里啪啦的谩骂声如雷霆之势在整个教室回旋。

在廖老太陈旧的世界观里，一个重走高考路的学生，每时每刻都不容懈怠。一次次骂声背后，同学们对她是既害怕又心存怨恨。

距一模还有整整半个月，大家正手忙脚乱，在堆积如山的试卷里摸爬滚打时，廖老太颠着胖胖的身体，脚踩雪花，艰难地一步一个脚印朝教学楼走来。

这么晚了，又下着雪，她来干什么？

原来是一道题目的讲解出现了偏差，她在家备课时，偶然惊醒，发现自己讲错了题目。廖老太立即放下手中家务，拖动着年迈的身体，返回了学校。

“问题不能过夜，尤其对于日夜兼程的你们，分秒时光都倍加珍贵。”廖老太临走时，特别虔诚地鞠了一躬，表达对我们的歉意。教室里鸦雀无声，只有雪夜无声契合她远远而去微胖而高大的身影。

三模分数公布的那天，是我们离校的日子。最后一堂数学课，廖老太争分夺秒地在黑板上将她需要叮嘱的难点一一进行了罗列。罗列完知识点后，廖老太不慌不忙地摊开一摞试卷，凝神注目。当她再度抬起头，两行泪珠从眼角的褶皱里滑开一道长长的泪线，在面面相觑的分秒之后，廖老太“哇”地放声大哭，再也克制不住心中汹涌的情绪。那次三模考试，全班72位同学数学全部及格。经过半年的严酷洗礼，廖老太终于如愿以偿，兑现了曾经的诺言。

很多年，我不曾忘记，毕业那天，廖老太第一次没有骂我们，而是在这场青春生涯的结尾，用尽她半生的经历告诉我们，人生永远是向着光明的，我们都是太阳花，只要心向阳光，总能找到成功的出口。

『没有什么比给孩子们上课更重要』

文/唐若水

2018年10月8日，诺贝尔经济学奖在瑞典皇家科学院揭晓。耶鲁大学77岁的威廉·诺德豪斯教授和他的同胞保罗·罗默教授分享了这一举世瞩目的奖项。

实际上，在颁奖前几天的一个秋雨飘洒的晚上，诺德豪斯教授在家里已经接到过来自诺奖评委会的电话，通知他已正式获得本年度的诺贝尔经济学奖。消息来得如此突然，以至于一开始老教授还以为对方拨错了电话。他礼貌地要求对方再说一次——这倒不是因为他怕自己过于激动而听错，而是因为作为一丝不苟的科学家，他一向遵循着“重要事情须重复说两遍”的好习惯。其实，在接到获奖信息后，他依然心平如水，说话的语气依然和往常一样平和舒缓。原因很简单：在此之前他从来没有想过有朝一日他会获取诺奖，尽管在经济学圈子里，他早已是教父级的人物了。

诺德豪斯教授是美国最有影响的50名经济学家之一，也是全球研究气候变化经济学的顶级分析师之一。令人稍感惊奇的是，身为20世纪80年代耶鲁大学的教务长和90年代耶鲁大学的副校长，诺德豪斯教授数十年如一日，和许多普普通通的教师一样，在耶鲁大学主讲经济学原理等基础课程，这就意味着：他的大多数学生是本科生，甚至是刚刚开始叩击经济学大门的低年级学生，而非硕士、博士研究生。

诺德豪斯教授再低调，喜讯还是像飒爽的秋风吹遍了耶鲁大学校园的每个角落，接着通过媒体很快传遍整个美国。各大媒体纷纷派出记者采访诺德豪斯教授，耶鲁大学也立马着手组织一次规模空前的记者招待会。不过，令校方和媒体大跌眼镜的是，诺德豪斯教授认真甚至有点执拗地表示：记者招待会必须推迟，因为这一天他还得上课，而他认定“没有什么比给孩子们上课更为重要”。

当老教授迈着沉稳、踏实的步子步入他熟悉的宽大教室时，学生们全体起立，向他们荣获诺奖的敬爱老师致意。老教授走上讲台，首先对学生们的祝贺表示了诚挚的感谢。接着他留意到门边一侧堆放着一束束鲜花，其中有的分明不是来自花店，而是从野外随意摘来的。他猜想有些学生知道消息晚了，没有时间上花店买花，便沿路顺带采摘了些，之后就直接赶来上课了。老人瞥了一眼野花，目光中漾满温馨和感激，接着会意地笑了起来。

接着他又发现，教室另一侧竟然“潜伏”着一群记者，长枪短炮正瞄准着他，等候着他！他轻轻皱了皱眉，动作之轻微连近在咫尺的学生们都没有察觉，但最后他脸上还是恢复了他特有的庄重的微笑。接着他既坚定又优雅地做了个“请”的手势，意思是要求记者朋友们统统撤离，等上完课，你们才是主角。

等记者们乖乖又很不情愿地撤退后，老教授意外地宣布，今天上课破例允许学生们开着手机。欢呼声和感叹声由此又一次热烈响起。等学生们终于平静下来，他不无幽默地开始解释说：“为了记录下这短短的美好时光，本人斗胆代表诺贝尔先生，批准你们在上课之前5分钟拍摄照片或视频，而标题不妨定为‘上课更重要’。”

一个人 种一片森林

文/郭孟媛

当黎明照亮印度布拉马普特拉河中部马久利岛上郁郁葱葱的森林时，森林中的野生大象在周边的村庄觅食，村民种植的黄麻被踩踏得东倒西歪；老虎不客气地猎食村民赖以为生的家禽与牲畜。周边的村民被激怒了，拿上电锯和砍刀，要去砍伐森林。

“砍掉这些树对你们来说没有任何好处，你们要想砍树，就先砍倒我！”雅达夫·帕耶拦住了村民的去路。他守卫森林的架势足以震慑所有破坏者。因为，这片森林的每一棵树都是帕耶亲手种下的。自1979年以来，帕耶从一颗种子开始，单枪匹马地把一片贫瘠的土地变成了一片比纽约中央公园还要大的森林。

当年，年仅16岁的少年帕耶回到了他的出生地——婆罗门河上的一个河岛。有一天，成千上万条蛇被洪水冲上岸，死在没有树荫遮盖的暴晒中。年少的帕耶坐在岸边抚摸着已干枯的蛇的尸体。“我坐下来，为它们死气沉沉的尸体哭泣。那就像是一场大屠杀。”

马久利岛在每年季风时节都是受灾最严重的地区之一。作为河流岛屿，河水上涨淹没岛上的一切，流水和沉积物正从岛屿两岸慢慢“吞噬”着岛屿。人们担心它将在未来20年内被淹没。

政府没有帮助村民解决洪水淹没家园这个长期存在的问题。现在岛上用沙袋和混凝土修建了一些堤坝，但除了晾晒衣物，似乎没有其他用处。帕耶认为，自然的方法将比遵循政府的防洪计划更为有效。当地森林管理部门告诉他沙洲上无法植树，可他仍然决定试一下，在沙洲中开始了与世隔绝的植树生活。他早晚给树木浇水、修剪。从“长得快”的竹子到价值高的柚木，沙洲上的“绿色”渐渐取代了“黄色”。

日复一日，本来干旱死寂的沙地，慢慢演变成可以自给自足的环境，生态的平衡造就了动物栖身的理想之地。很快，各种各样的动物“闻风而来”。濒临灭绝的独角犀牛、孟加拉虎，40年没见的秃鹫回到了这里。阿萨姆邦的首席部长称赞帕耶是“一个真正的环保主义者”，他展示了“一个普通人可以带来的改变”。

“当树木长高长大后，保护它们对我来说有些困难，最大的威胁来自人类。他们会为了经济利益毁掉这片森林。”雅达夫·帕耶说。“和其他人一样，我为这个世界的命运感到担忧。我目睹着岛上发生的坏事，于是便尽我所能去修复。”直到现在，他仍在岛上栽树，“会一直种下去，直到生命最后一刻。”

一起读

英国谢菲尔德哈莱姆大学研究人员从当地78所小学里，选取了2495名五年级学生（9～10岁）进行了教学实验。这些学校差生比例高于当地平均水平。

研究人员在这些学生中随机选取一部分，不以传统的讲授方式教学，而代之以“对话教学”，鼓励学生不仅要像往常一样回答课堂问题，还要参与讨论、推理、辩论、解释，甚至相互争吵也可以。测试发现，参加对话教学的学生比不参加的进步程度大。对话教学，没有什么复杂策略，但它是一项重要工具，能改善学生的整体思维能力，帮助他们学习新的技能，而不单单是明白课程内容。鉴于其良好效果，目前研究人员正考虑研究一种标准模式，方便将对话教学推广至其他学校。

——李备《多争吵，益学习》

海德堡的坏孩子

文/陶 太

人不犯错枉少年，但海德堡的大学生们犯错的代价与众不同——会被投进“学生监狱”。

海德堡学生监狱设立于1712年，关闭于1914年。它被关闭的理由表面上是第一次世界大战爆发，实质是因为这个旨在“惩前毖后”的严肃场所快堕落成一个不正经的“旅游景点”。当年海德堡的莘莘学子中倘若有人居然一次都没有进过学生监狱，那就意味着名誉扫地。

对学生监狱的第一印象，除了涂鸦，还是涂鸦。各种材质的绘画、各种手法的雕刻几乎占领了每一寸空间，从天花板到地面，从门到窗，从楼梯间到扶手。被铁栅栏圈禁起来的激素，无孔不入。

酗酒是“入狱”的第一大原因，卷入决斗也是不可轻饶的罪行。按照所犯过失的轻重程度，“刑期”通常是两天到四周。如果嘲讽甚至敢于反抗警察，就会被禁闭四周。

学生监狱换了不止一个地点。此处是1823年启用的，一共有五个禁闭室，有单人牢房，也有双人牢房，里面陈设着样式简单的木桌椅和低矮狭窄的铁板床。房间里还有一个小小的铁炉子供取暖，烟囱通向户外。

精力过剩的熊孩子们找一切凑手的工具，用涂鸦来消磨时光。蜡烛的油烟、铁炉子里的煤灰、烧过的木炭棒……都成了他们的绘画材料。涂鸦的主要内容包括狱友的肖像、所属兄弟会的徽章、滑稽的天使，配上入狱纪念日期，以及各种有趣的诗文。

如今，这些古老涂鸦作品都被覆上一层清漆保护起来，和那些刻在木头上的名字、嵌在门上的老照片一起，成为一个逝去时代的见证。

熊孩子们可以互相串门，可以接待朋友，他们给每间囚室都起了“豪华酒店”“皇家舞厅”这样的高大上名字，洗漱间则叫“帝王厅”。他们甚至不用耽误白天上课——有一扇门直通海德堡大学。除了刚“进宫”的头几天只能吃干面包和水，后面的刑期就轻松多了。熊孩子们可以在固定的时间外出，到指定的餐馆大嚼特嚼；朋友们可以捎进来食物，包括用洗衣桶从窗户运进烈酒。

当然，学生监狱并不是白住的，而是明码标价。按照1823年的规定，囚犯们需要缴纳各种杂费，包括冬季取暖费和照明费。如果有穷学生支付不起，可以选择在特定的时间段做仆人，用劳役来抵债。狱方只提供稻草垫，床单、毯子、枕头都需要自己花钱预备。

在学生监狱的楼道墙壁和访客留言里，中文俯拾皆是。有人称赞“青春不留白”，有人支持学生反省制度，当然，最经典的还是“某某到此一游”。

不过，不管当事人和旁观者多么乐在其中，家长们的焦虑是亘古不变的。当年就有一位熊孩子的母亲恳求儿子退学返乡，她痛心地说：“你喝酒喝得太多，你抽烟抽得太多，你会有坏结果。你不再是从前的你，你就是一个海德堡的坏孩子。”

抄句子

直言不讳是件极为困难的事。甚至越是想直言不讳，直率的言语越是遁入黑暗的深处。

——[日]村上春树《且听风吟》

伟大的人物讨论思想，中等的人物讨论事件，小人物讨论人。

——印度谚语

哈佛学霸用垃圾造了一座城

文/RORO

在台北市，有这样一座大楼，看起来和一般的大厦并无区别。但是仔细一看，这座9层楼高的建筑，墙体上的每一块“砖”，居然都是一个塑料瓶！

这座建筑的设计者黄谦智，自己也没想到，这座由150万个塑料瓶搭成的轻飘飘的大房子，原计划一年拆除，结果8年过去了，依然坚固如初，还让他捧回了2010年英国《金融时报》的“地球奖”、2011年《华尔街日报》的“亚洲创新奖”。这种让废弃材料重获新生的新技术，震惊了全世界。

2004年就拿到哈佛建筑学硕士学位，黄谦智本该成为一位建筑学教授。当他在课堂上讲起“垃圾也可以作为建筑材料”时，学生们表示“听不懂”。因为当时，还没有人做过那样的尝试。

黄谦智下定决心，做一栋100%回收材料的环保建筑。它没有一砖一瓦，墙体材料都是用市民们捐赠的垃圾做成的塑料瓶。价格是玻璃帷幕的1/4，隔热效果却要好4倍。它没有黏合剂，利用榫卯构造互相扣合，连屏幕的供电，都使用了最环保的太阳能。

这座全世界最轻最大的塑料房子，符合建筑法规，防火、防水完全合格。这让各国媒体都兴奋不已，美国《国家地理》杂志甚至专门为他拍摄了一部纪录片：“他就是这个时代的英雄，环保英雄！”

正是这部纪录片，让成龙找上了黄谦智：“你有办法让青藏高原上的垃圾，也变成建筑材料吗？”

高寒的气候和脆弱的生态让高原上的垃圾难以自然降解，要在这样的环境里回收垃圾，还要做成环保再生材料，谈何容易？

黄谦智带领团队经历了无数方案被否定的过程，耗时整整两年做研发，终于做出了这样一个回收系统：在第一个机器里，一扔、一磨、一洗、一烘，塑料瓶就变成了塑料碎片，接着把塑料碎片放进模具，在第二个机器里烘烤40分钟，就能烤出环保再生砖。5个瓶子=1块环保砖，1小时=184块环保砖。这些回收塑料做成的环保砖可以像普通瓷砖那样，被砌到室内室外的墙面和地板，而且更防水、更轻便。

黄谦智于是把这套回收系统搬到高原上，取名为“环生零耗机”，他说：“就是要取个酷炫的名字。”缺氧低温的高原环境，夜晚没有太阳能供应，供电系统被意外切断，重型机器压坏了底板……经历了重重困难，环生零耗机终于能在高原独立运作了。零排放、零垃圾，连清洗用水都是100%循环利用的。

黄谦智还有诸多奇思妙想。他用废弃的DVD（数字化通用磁盘）造了一座训练中心；用塑料瓶堆了一个机场转运站；用回收的旧鞋，给Nike（耐克）造了一个旗舰店；他把酿啤酒的废弃物，做成了椅子；他把废弃的烟头，做成了空气净化器。看似并不相关的垃圾与建筑，在这位环保魔术师的手下，变成了环保的艺术。

一起读

我们平时所用的钱币上，往往都有伟人的肖像画。事实上，在世界上很多国家的钱币上，都喜欢用人物肖像画作为图案。这究竟是巧合，还是人们有意为之呢？

可以负责任地说，在钱币上印上人物的肖像画，除了表示赞颂伟人之外，还有另一个更加切实的理由，那就是更好地杜绝假币的出现，因为人物肖像画比其他图案更难以模仿。

一般来说，人的眼睛难以分辨建筑和风景的细微差别，但对于人脸，因为平时总是在无意识之中经常观察，所以即便是细微的变化，也能立刻有所察觉。也就是说，通过人物的肖像画，人们可以更好地辨别钱币的真假。

——张立辉《为什么钱币上多肖像画》

孤胆硕士陈敏：我在柬埔寨当“排雷女侠”

文／小亮

拥有吴哥窟等名胜的柬埔寨，在人们印象中是一个古树与寺庙缠绵千年的美丽佛国。事实上，该国还有着“地雷博物馆”的别名！因饱经战火摧残，柬埔寨地下至今埋藏着1500多万颗各式地雷。10多年来，中国政府也一直在为柬方提供排雷技术、资金、器材等人道主义援助。女硕士陈敏的未婚夫不幸在柬埔寨雷区牺牲，为了远逝的爱人以及那些被地雷炸死炸残的异国平民，她勇敢加入了国际排雷志愿者组织，在惊心动魄中谱写出人生传奇。

奔赴柬埔寨之前，陈敏先申请加入了国际人道主义排雷志愿者组织。她还通信哀求未婚夫生前所在部队，如愿在北京参加了军方举办的排雷培训班，系统学习了地雷的勘察、测绘、标志，以及专业的清除方法和技巧等知识。

在柬埔寨北方靠近泰国边境的地方，有一个小村子叫“都巴萨”，当地人称它为地雷村。战乱时期，这里因地处边境，当地不同派别在此埋设了不少地雷以防止人民逃跑，成为柬埔寨境内最大的雷区之一。

当天，志愿者们以都巴萨村后竖立的第一块骷髅牌子为中心，小心翼翼地展开了探雷工作。陈敏就跟在大家身后，拿着笔和本子，负责记录现场情况。队长要求志愿者们行军必须跟着前面人的脚印走，保持一定的安全距离：“一定要关掉手机，因为排雷时人的精神得高度集中，手机突然响了，就很可能被惊到……”

排雷作业必须按照严格的规定进行，排雷员身穿厚重的高领防弹衣，并戴上头盔。他们10到25人一组，沿着雷区边缘排开，手持园林工具和金属探测器。大家沿着不到1米宽的小道向前推进，首先清除植被，而后用探测器进行探测。探测员手中的仪器发现地雷后，会发出“嘟嘟嘟”的警报声，这时所有人放轻脚步后撤，留下一名专业排雷员将地雷挖出，或直接引爆。

这天，陈敏和志愿者正全神贯注地在小树林中寻找地雷，忽然感觉脖子上有点痒，伸手一摸，是只山蚂蝗！她正要将山蚂蝗拍死，却吃惊地发现耳旁横着一根锈迹斑斑的细铁丝。不用说，这是绊发雷。

一起读

口头语仅仅是一种语言习惯吗？美国一项心理学研究显示，常说某些词可能代表你“压力山大”。

加利福尼亚大学洛杉矶分校和亚利桑那大学的研究人员招募143名志愿者，在两天里共收录了志愿者的22627条语音。研究人员分析了志愿者的发音、虚词使用习惯，并检测比对了他们体内50种压力相关基因的表达，结果发现承受巨大压力时，人讲话变少，同时更爱使用副词和形容词，如“真的”“难以置信”，也更爱使用第三人称。

顺着铁丝找过去，她居然在树上树下找到8颗地雷！原来还是个连环雷，呈弧形散布开来，陈敏和志愿者正好站在连环雷的中心。“看得见的敌人其实并不可怕，可怕的是你明知道死神就在身边，却又不知道它在哪里、什么时候会变脸发威的那种恐惧。”陈敏说。

除了找雷，最危险的就是挖雷了：“我也不想挖雷，找到后引爆最省事。但有的雷埋得太深，或者引信在下面，或者受潮了，不挖就没法引爆。”开始时，陈敏主要靠螺丝刀、剪子和小铲刀找雷拆雷。后来为了安全，她自费买来探雷器、防爆头盔、防爆服等，这样一来就相对安全多了。

2016年5月的一天，陈敏正在一个村庄附近找地雷，新加入的澳大利亚志愿者皮特忘了她的叮嘱，擅自到一片竹林附近去小便，结果忽然感觉到脚下发出一声清脆的嘎巴声，他一愣，知道自己踩到了地雷：“陈敏，我完了，你要把……”他居然带着哭腔交代起后事。陈敏虽然也很紧张，但表面上一点也不敢流露出来：“你踩到的一定是颗松发雷，千万别乱动，也不用怕，我来帮你！”

陈敏趴在皮特的脚下，轻手轻脚地拨开泥土：“果然是颗松发雷，里面有200克TNT（一种烈性炸药），可以炸断4毫米粗的钢筋……”皮特快要哭出声了：“你就别研究它了，赶快把我救出来吧！”陈敏用铲刀插入皮特的脚下，轻轻地压住地雷的松发器，皮特抽开脚就跑。谁知高度紧张下的皮特太性急，脚下一拧，将铲刀拧向了一边，地雷响了！

“当时我觉得完了。没想到我特别幸运，那颗地雷可能受了潮，只是雷管爆炸了，炸药并没有被引爆，否则我可能就不会坐在这里了。”陈敏笑言，像是在说别人的故事。

在柬埔寨生活一年多，陈敏也收获了满满的感动。平时，她和志愿者们无论寄宿在哪个村庄，当地人都拿他们当最尊贵的宾客，为他们做鲜香的阿莫克鱼、猪肉饭等本地人一般舍不得吃的大餐。当地人还会让出家中最宽大的床，拿出新被褥给借宿的扫雷员用，并称呼他们为“英雄”。

一个被地雷炸伤而成了跛子的5岁小女孩，其母亲被同一颗地雷炸死。当接到陈敏递给她的中国糖果时，小姑娘放到嘴里一咬，哇地大哭起来，边哭边喊陈敏“妈妈”。女孩的奶奶向陈敏解释说，这孩子只要一看到和她母亲年龄相仿，并且面相和善的女性都会喊“妈妈”……陈敏把小女孩抱在怀里，轻轻抚摸着她的头，心里难过极了。

至今，陈敏已经和中、柬、英、美、德、韩等各国同事一起，成功排雷近3000颗。随着名气渐大，这位中国女硕士还被邀请到柬埔寨的地雷博物馆，向人们传授地雷知识，并帮助柬方培养了一支女子“排雷兵团”。她也数次受到该国的嘉奖。

2016年底，回国探亲的陈敏表示，过了春节她还会回柬埔寨排雷，并笑言：“那边地雷尚多，吾辈仍需努力！”她的笑容明媚而温暖，却透着一股自信的力量！

《自然》杂志网站援引研究牵头人之一、亚利桑那大学马蒂亚斯·梅尔的话报道：人们说话时比较注意名词、动词等实词的选择，而虚词的使用通常会是“自然而然的”，却最可能“泄露”出使用者的一些情况。“对他们（志愿者）来说，这些（虚）词没有意义，但它们阐明了正在发生着什么。”研究人员说，这项研究开创了一种可能比自我评估更好的压力评估方法，也帮助人们了解心理压力如何影响到身体健康。

——佚名《常说某些词可能代表你“压力山大”》

德国最珍贵的国礼

文/张达明

德国南方距慕尼黑市20公里的地方，有一个名叫达豪的美丽小镇。与小镇安静祥和不协调的是，在镇中央有一处二战时期的故址——达豪集中营。

1935年，达豪集中营关进来一个名叫科比尼安·艾格纳的特殊犯人，罪名是“蔑视领袖”。“确实如此，我是没有服从领袖的旨意，但我不认为我有罪！”被关进集中营后，每次接受审讯，科比尼安都重复着这句话。

被关进集中营之前，作为牧师的科比尼安有一项很重要的工作——为新出生的婴儿洗礼。希特勒上台后，许多父母将自己刚问世的孩子取名为“阿道夫”，以示对领袖的崇拜和支持，而当这些父母邀请科比尼安为他们的孩子洗礼时，却遭到科比尼安毫不客气的拒绝：“我不会为所有叫‘阿道夫’的婴儿洗礼，更不想让这一纯洁而神圣的洗礼仪式被玷污！”他这一“令所有人费解”的行为，很快被报告给了希特勒。希特勒立即下令将科比尼安逮捕。在审讯他时，面对图案为“卐”的德国国旗，科比尼安义正词严：“即使你们要判我死刑，我也只有一个要求，请不要在这个令人反胃的‘卐’符号下对我进行宣判。”希特勒一反常态，格外开恩地送他“住进”达豪集中营进行反省，并特意关照让他在农场干活，企图以繁重的体力劳动逼他就范。

科比尼安每天早上4点起床，一直到晚上8点半才能回营，不久就被折磨得瘦得皮包骨头。表面上，他似乎老实了许多，但内心依然坚信正义必定战胜邪恶。于是，科比尼安用与众不同的方式迎来对新生活的希望，他在自己负责的地块上种植了四棵苹果树，并悄悄分别命名它们为“KZ-1”“KZ-2”“KZ-3”“KZ-4”（“KZ”是德语“集中营”的缩写），以此方式对纳粹种族灭绝政策做无声的抵抗。

由于长期遭受非人的折磨，科比尼安的体质每况愈下，随时都有可能死亡。为了让后人记住这段历史，在反复考察后，他将四棵苹果树的秘密告诉了一位难友，语重心长地说：“我恐怕看不到那个疯子完蛋的那一天了，如果你能活着走出这个魔窟，如果四棵苹果树能保存下来，就要让它们不断繁衍后代，然后将结出的苹果送给每一个德国人，使他们在吃到这个与众不同的苹果时，会马上想到这段永远难以抹去的历史。”难友含泪答应了他。

1941年6月的一个夜晚，科比尼安在病中含愤去世，他的尸体被送进了焚烧炉。不幸的是，那位答应照料四棵苹果树的难友，也在科比尼安死后的第二年被纳粹处死。临死前，他又将照料四棵苹果树的重任托付给了其他难友。

四棵苹果树中的三棵相继枯萎。不过，活着的“KZ-3”显示出了强大的生命力，一年又一年不断结出果实。为了纪念科比尼安，人们将“KZ-3”重新命名为“科比尼安苹果”。德国政府也因此专门做出决定：将“科比尼安苹果”作为德国最珍贵的国礼，赠给来访的外国政要，提醒他们不要遗忘曾经的历史。

罗琳：将小粉丝的名字写入作品

文/木　梅

1999年7月，J. K. 罗琳拒绝了所有的媒体采访和读者来访，悄悄躲在西班牙，聚精会神地创作哈利·波特系列的第四部《哈利·波特与火焰杯》。

然而，她不知道，远在万里之外的加拿大多伦多，一位11岁的女孩娜塔莉，正被白血病的魔爪一步步地吞噬着。娜塔莉是哈利·波特的超级粉丝，前三部《哈利·波特》系列作品，她反复读了几遍，正是靠着对哈利·波特魔法力量的幻想，在顽强地与病魔对抗着。

娜塔莉的母亲瓦莱丽知道女儿将不久于人世，正为娜塔莉做最后一件事——设法联系娜塔莉崇拜的罗琳，看能不能让娜塔莉与罗琳见上一面。瓦莱丽给伦敦的出版社发去了信件和电子邮件，讲述了女儿的糟糕状态和自己的想法，希望出版社能将她的愿望转告罗琳，出版社接到信后，迅速将其转到罗琳在英国爱丁堡的家。然而，此时正在西班牙边度假边写作的罗琳，没能及时获知这一信息。

一个月后，罗琳回到家里，才从信中知道娜塔莉的状况。罗琳根据信里留下的电话，给瓦莱丽打去了电话。在电话中，她知道娜塔莉只剩下一两天的生命，即便自己立刻乘飞机赶过去，也未必能见上她一面。于是，她决定在电话里，为娜塔莉阅读两页《哈利·波特与火焰杯》的内容。

挂上电话后，她又马上打开电脑，将故事情节和最终结局通过电子邮件传给娜塔莉。

《哈利·波特与火焰杯》正式出版是在11个月后。按规定，在书未出版前，书名和内容都是高度保密的，任何人哪怕是只看一小段都必须获得特别许可，并签订不外泄内容的合同。不幸的娜塔莉，却有幸成了除罗琳之外唯一知道该书内容的人。第二天，娜塔莉微笑着离开了人世。

在得知娜塔莉离世的消息后，罗琳还是深感愧疚和自责，觉得自己做得不够。于是，她修改了书稿内容，将从未谋面的娜塔莉写进了书中的第159页里：分院帽（魔法物品）将一位一年级的女生娜塔莉·麦克塔纳，分配到哈利·波特所在的格拉芬多学院。这是她在《哈利·波特》系列中唯一一次使用的真名。

一年后，罗琳邀请瓦莱丽带着娜塔莉的两个妹妹来伦敦游玩，并热情地接待了她们。

在返回多伦多的途中，为打发时间，瓦莱丽拿出了《哈利·波特与火焰杯》，读给自己的孩子听。当她读到159页时，这位母亲突然泪流满面，她怎么也没想到大名鼎鼎的罗琳，居然在书中悄悄祭奠她的女儿。

虽然娜塔莉已经去了天堂，但罗琳将她永远留在了心中，留在神奇的霍格沃茨魔法学校里。

只想过狗日子

文/程盟超

为了一只狗，高冷的美国中央情报局（CIA）在惜字如金的官方推特里连发数条推文，全球几百家新闻网站转发它的新闻。它叫露露，是CIA的一只“准警犬”。它已下定决心，拒绝警犬训练，只想凭自己乌黑油亮的皮毛，做一只安逸的宠物犬。

露露是一条拉布拉多犬，还不到两岁，对像它一样的任何一只狗而言，CIA的“警犬培训计划”都是残酷体验。训练课程为期6周，一周7天，它们先要学会如何识别危险。接着，它们会被送到各自的训导员手下，接受为期10周的一对一训练。16周之后，它们要能用鼻子准确探测出1.9万种爆炸性气体、学会扑咬犯罪分子、服从训导员的任何命令。

作为一只有些傲娇的小母狗，露露耍起了脾气。它先是拒绝去嗅闻那些刺鼻的气体，美食和爱抚也无法让它打起精神。心理评估的最终结果令人心碎，露露的“病”很简单，仅仅是“彻底丧失了当警犬的兴趣”。

在用人类价值观调侃它胸无大志之前，不妨了解下一只警犬的一生。德国牧羊犬、拉布拉多犬等十几个品种的狗生来“兴奋性高”，它们能从100多双臭袜子中精准衔出自家主人需要的那一双，能辨识人类无法感知的百万赫兹级高频音。发现并能够利用这些，对人类来说很幸运，对它们来说很危险——经过训练的“露露”们，要与毒贩、天灾人祸牵连一生。

培育警犬往往从种犬半岁时就要开始。在训练的头3个月，训导员要拿出大把时间和爱犬嬉戏，但随之而来的，是日复一日的无聊训练。一条沾有少许毒品气味的毛巾经过两层包裹，放入6只旅行箱中的1只。小家伙需要在超过10万次训练中重复这一环节，直到万无一失，枯燥的训练时常会让“准警犬”心烦不堪。

露露最终不再需要经历这种

生活。CIA对它网开一面：它被自己的训导员作为私人宠物犬收养，过上它想要的生活。如今，它喜欢在自家后花园里捉兔子玩儿，还有另一只家犬和它做伴。

大部分警犬将开始每周60小时的工作，它们中绝大多数会工作到生命中的最后一年。2016年1月10日，美国俄亥俄州一只名叫杰斯罗的警犬为了保护警察，被劫匪连击数枪，不治身亡。在10个月后的巴黎恐袭中，巴黎特警队的警犬迪塞尔作为探路先锋，被房间里的恐怖分子疯狂扫射，最终死在主人脚边。很多警犬即使得以“退休”，也往往遍体鳞伤。对于露露，没人有资格指责。

近年来，人类把更多自我选择的权利还给这些最忠诚的朋友。除了露露，英国驻阿富汗部队一只名叫维达尔的军事嗅探犬服役两年后，因为突然对枪声产生强烈应激反应，获得了提前退休的福利。

在为露露发送的最后一条推特中，神秘又严肃的CIA送上了认真的祝福：“希望你未来一切都好。”满屏都是网友欢乐的留言。有人说：“嘿，小家伙，真羡慕你！至少我是不敢反抗自己的老板，过自己想要的生活。”

最有温度的荷兰『失忆小镇』

文/张珠容

我的名字叫伊冯·范·阿姆荣根。我曾经在荷兰一家养老院工作了几十年。我在养老院时一直专门照顾阿尔茨海默病患者。

有一次，我经过一栋楼的底层，看到一位老人在等电梯。过了十多分钟，发现那位老人还是站在那里一动不动地等电梯。我连忙问他需不需要帮忙。他问我：“电梯怎么还没来？是不是坏了？”我一看，老人根本没按按键，电梯还停在15楼！

那一幕看得我很心酸。那之后，我开始恐惧衰老，更害怕父母老去。我一直在想：患上阿尔茨海默病的老人，就只能到那种没有温度的养老院度过余生吗？

这激发了我一种天真的想法：能不能创造一个让阿尔茨海默病患者可以正常生活的养老院？如果可以，他们在生命的最后时光就能有尊严地活着，享受鸟语花香，而不是每天待在病房里吃饭、吃药、睡觉。

我给我理想中的养老院取了一个名字，叫“失忆小镇”。我真切希望将来的某一天，“失忆小镇”能真实存在于我们的生活中，那样，阿尔茨海默病患者的余生将充满阳光。

以上这些陈述，其实是养老院护工伊冯三年前写给荷兰政府的一封信。可没想到，荷兰政府确定下来“失忆小镇”这个项目。为了建设好这个小镇，他们特地请伊冯当设计师。伊冯怕自己胜任不了，政府人员对她说：“只怕没有人比你更了解阿尔茨海默病患者需要什么样的环境了，来吧，你一定行！”

就这样，在普通护工伊冯·范·阿姆荣根的设计下，全球第一家专门为阿尔茨海默病患者建立的大型疗养院——“失忆小镇”在荷兰诞生了。“失忆小镇”足有十几个足球场那么大，那里没有冰冷的病房，只有一排排温馨的、用来居住的别墅，以及电影院、咖啡馆、美容院等建筑。为了尽量减少老人对新环境的抵触和焦虑，这些建筑全部还原20世纪50～70年代的设计风格。在伊冯的建议下，荷兰政府特别将小镇的电梯设计成重力感应模式——老人站在门外，电梯就会开启；电梯感受到重力，就自动上升。

“失忆小镇”不仅将居住环境打造得很温馨，更在服务上追求人性化。这里的医生和护工从不穿白大褂、工作服，而是时时扮演成各种角色，如保姆、店员、路人，为老人提供24小时全方位看护。他们会像老友或邻居一样陪伴在阿尔茨海默病患者的身旁，提醒老人吃饭、吃药等。老人想外出也大可不必担心回不了家，因为路上到处都是“好心人”，会给他们指路。

在“失忆小镇”，老人们可以自由自在、充满尊严地生活。正因如此，就算费用昂贵到每位老人每月要缴纳4000多欧元物业费，还是有很多子女将他们的父母送来疗养。如今，“失忆小镇”居住着150多位老人，由250多位管理者悉心照看着。

相比于世界上其他著名的建筑，“失忆小镇”的特色并不耀眼，它甚至只是一位普通护工设计的。但它特别温馨，充满人情味。对于阿尔茨海默病患者来说，它也许是这个世界上最有温度的地方。

一位老人与两只白鹳的奇缘

文/赵嘉政

1993年的一天，发生在斯拉沃尼亚布罗德市的一件事让沃克奇老人的生活发生了很大的变化。

这一天，老人刚要出门，突然一只白鹳跌落在他家门前。老人仔细一看，发现这是一只母白鹳，被猎枪子弹打中，翅膀已经被打断，她再也不能在天空中飞翔了。老人给这只白鹳进行救治，并对其长期照料。白鹳的伤口慢慢地愈合，与老人的关系日渐亲密。沃克奇老人非常喜欢电影《西西里的美丽传说》，所以就用电影女主角的名字马琳娜给她取了名字。

这样的幸福生活一直持续了快10年。2002年春天的一天，老人起床后，惊讶地发现马琳娜做的鸟窝里面，来了一只体形彪悍的雄性白鹳。老人立刻意识到，马琳娜的单身鸟生活结束了。于是，老人给这只雄性白鹳也起了个名字，叫作克雷贝旦。

可是，8月的一天，老人再次来看新人的鸟巢时，发现克雷贝旦不见了，直到晚上也没有回来，马琳娜一直望着南方，连鱼都不吃了。有邻居说，最近鸟儿都去南方了，那天早上克雷贝旦就是和一群鸟儿一起飞走的。老人恍然大悟，原来是动物的本能，向温暖的地方迁徙。

2003年3月的一天，老人正和马琳娜在家附近散步，突然天空中飞来一群鸟，其中有一只飞到老人家的上方，脱离了鸟群，降落下来。老人一看，竟然是克雷贝旦回来了！这个消息惊动了很多人，一些欧洲知名的鸟类问题专家甚至专程赶来，对克雷贝旦的迁徙路线进行了研究，原来克雷贝旦是去南非过冬了。

南非距离克罗地亚8000公里，也就是说克雷贝旦飞过了地中海，跨过了整个非洲大陆，来回飞了16000公里，最终回到了“爱人”的身边。

后来马琳娜要孵小鸟，老人很高兴，准备了很多食物给马琳娜补充营养。在马琳娜孵蛋时，克雷贝旦在旁边一直守着，寸步不离。

转眼5个月过去了，又到了鸟儿向南飞的季节。克雷贝旦起飞的这天，走之前还是和马琳娜缠绵了一会儿，然后就带着几只幼鸟飞走了。马琳娜也接受了现实，他们又回到了一个人一只鸟的生活中来。

这种生活一直持续了15年，直到2017年3月，老人和马琳娜都焦急地等待着克雷贝旦的再次归来，可是他黑色的身影却一直没有出现。经过对克雷贝旦以往迁徙路线的查询，老人发现这条路线要经过黎巴嫩。而黎巴嫩对成年白鹳的盗猎非常严重，老人心急如焚，在周围人的帮助下，他写信给黎巴嫩总统，并将这个故事讲给总统听。这件事被多国媒体关注，成了当时的头条新闻。黎巴嫩总统也当即表示将严厉打击鸟类盗猎者。

人们还在马琳娜的鸟巢边架上了摄像机，在克罗地亚很多地方实时播放。终于，奇迹发生了！2017年4月12日白天，一个熟悉的黑色身影映入了屏幕！克雷贝旦回来了！现场爆发出雷鸣般的掌声！

克雷贝旦浑身血污，虽然不知道他经历过什么，但他历尽千辛万苦还是再次回到了“妻子”身边，这样的爱情足够打动所有的人。

2018年3月29日，克雷贝旦再一次从南方回到了马琳娜身边。虽然对这两只鸟儿来说，他们已经跨过中年，但是我们相信，至少在他们的有生之年，他们的爱情将会一直延续下去。

贪污的猫

文/丰子恺

我家养了五只猫。除了一只白猫是已故的老白猫“白象”所生以外，其余四只都是别人送我们的。

有一天，大司务买菜回来，把菜篮向厨房的桌上一放，去解一个溲。回来时篮内一条大鳜鱼不翼而飞了。东寻西找，遍觅不得。忽听见后面篱笆内有猫吼声，原来五只猫躲在那里分赃，分得不均，正在那里吵架！大司务把每只猫打一顿，以示惩戒；然而赃物已大半被吞，狼藉满地，收不回来了。

后来又有一天，因为市上猫鱼常常缺乏，大司务一次买了一万元猫鱼来囤积。好在天冷，还不致变坏。他受了上次的教训，把囤积的猫鱼放在菜橱的最高层。这天晚上，厨房里“砰澎括拉”，闹个不休。大司务以为猫在捉老鼠，预备明天对猫明令嘉奖。岂知第二天早上起来一看，橱门已经洞开，囤积在上层的猫鱼被吃得精光，还把鱼骨头零零落落地掉在下层的菜碗里。大司务照例又把五只猫各打一顿，并且饿它们一天，以示惩戒。自今以后，橱门上加了锁，每晚锁好，以防贪污。

猫在一晚上吃了一万元猫鱼，隔夜饱了，次日白天，不吃无妨。但到了晚上，隔夜吃的早已消化，肚子饿起来，就向大司务叫喊。大司务不但不喂，又给一顿打。诸猫无奈，就向食桌上转念头。这晚上正好有一尾大鱼。老妈子端齐了菜蔬碗，叫声大家吃饭，管自去了。偏偏这晚上大家事忙，迟了一二分钟出来。一看，桌上有一只空盆，盆底上略有些汤。我以为今晚大司务做了一样别致的菜。再看，桌上一道淋漓点滴的汤，和几个猫脚印。这正是猫的贪污的证据了。

我忽发心，要彻底查究猫的贪污，以根绝后患。我想，猫的贪污，定是由于没有吃饱之故；倘把只只猫喂饱，它们食欲满足，不致作恶为非了。于是我叫大司务来，问他“每日喂几顿？每顿多少分量？”大司务说：“每日规定三顿，每顿规定一千元猫鱼，拌一大碗饭。”我说：“猫有五只，这一点点怎么吃得饱呢？”大司务说：“有时大猫把小猫挤开，先拣鱼来吃光，然后让小猫吃。有时小猫先落手为强，轮到大猫就没得吃。吃是的确吃不饱的。”我说：“为什么不多买点猫鱼，多拌点饭呢？”大司务说：“太太规定如此的。”我就去找太太，讨论猫的待遇问题。我说：“这许多猫，怎么每天只给一千元猫鱼呢？待遇这样薄，难怪它们要贪污了！”太太满不在乎地回答：“并没有薄，一向如此呀！”我说：“物价涨了呀！从前一千元猫鱼很多，现在一千元猫鱼只有一点点了！照过去估计，猫的贪污，使我们损失很大！你贪小失大，不是办法。依我之见，不如从今大加调整。以物价指数为比例：米三十万元的时候每天给一千元猫鱼，如今米九十万了，应给三千元猫鱼。这样，它们只只吃饱，贪污事件自然减少起来。”太太起初不肯。后来我提及了三友实业社的三十万元的床毯被猫集团贪污而弄脏的事件，太太就答允调整。下手令给大司务，从明天起每日买三千元猫鱼。料想今后，我家猫的贪污案件，一定可以减少了。

哪些道理是你上学时不懂，现在懂了的

文/《意林》图书部

喵咪：

“越优秀、越努力，越觉得读书有用；越空虚、越颓废，越觉得读书无用。”这个道理在上学的时候真心不懂，那时候每天只想怎么玩、怎么开心，却没想到现在的喵咪酱经常因为工作或其他缘故需要“挑灯夜读”。现在想来真是有点后悔当年没有用功读书，不然我也就不是北大/清华/人大/南开……落榜生了……

二梦：

“道理”这个词真的让人感觉有点老气横秋，不过二梦还是想说“父母把我养大成人真的不容易”，为什么有这样的感触？小的时候我真的很皮，有时候疯起来像个男孩子，辛苦了父母一边工作一边养育我。而且当时家里除了我还有弟妹，父母的担子何其重？尤其是当自己也步入了社会，更是体会得到生活的不易。所以，爸爸妈妈，我爱你们！

青山：

话说一个南方人北漂也有几年时间了，最大的感受就是北方的干燥（嘤嘤嘤）。因为气候原因，青山编的咳嗽断断续续总也好不利索，有时候真的感觉肺都快咳出来了。所以啊，年少时候觉得自己身体素质还不错，面对现实却傻眼了，“照顾好自己的身体”这句话虽然父母经常说，但是要做到真的不太容易呀，这句话也是大大的实话哦！

小王子：

“上学真好”这句话是真的。作为编辑部唯一的男孩子，我发现，现实如此残酷。在清一色的女孩中，我最大的贡献是搬水、搬书、做体力活（大哭）！哈哈，开玩笑的，不过上学的时光真的是无忧无虑，而长大之后各种烦恼也随之而来，永远理不清的人际关系、工作的压力、个人的责任……唉，每次路过学校门前，看着一张张年轻鲜活的面孔，不由得感叹：上学真好！

桃子君：

很多读者都知道，桃子君平时很爱画画，也经常帮一些图书画插图（容我骄傲一分钟，嘿嘿）。其实之前，只是业余爱好，后来看到一句话，“人一旦堕落，哪怕只有几年，上帝就会收走你的天赋和才能”，虽说是句鸡汤，但是很有道理有没有？道理不怕懂得晚，只要你愿意执行（喝下这碗鸡汤吧）！

七喜：

“不听老人言，吃亏在眼前”，这句话是七喜妈妈的口头禅哦，虽然小时候七喜并不认为这句话有什么道理，但是长大后发现，真的是至理名言！比如工作之后，老妈经常说的“不要乱花钱，以后用钱的地方还很多”，看着自己“蚂蚁花呗”的数字，七喜暴风哭泣中……

一起读

近日，一项有关睡姿的新研究表明，侧卧睡眠有利大脑健康。大脑垃圾通常包含淀粉样蛋白，这些蛋白质构成了阿尔茨海默病患者大脑中常见的斑块。研究人员相信，通过清除这些蛋白质，大脑可以自我保护不患上某些神经系统疾病。于是，科学家以小鼠为对象，利用核磁共振扫描，检测小鼠大脑的类淋巴系统通路及从大脑移除有害化学物质的系统，在仰睡、趴睡、侧睡时的工作效率。小鼠在侧睡的时候大脑清除垃圾最高效。

——佚名《侧睡有利大脑清除垃圾》

收集落叶

文/［美］弗罗斯特 译/江 枫

用铁锹收集落叶，
不比用调羹顺手，
装满落叶的口袋，
轻得就像是气球。

我整天忙着弄出
沙沙响的嘈杂声，
像小兔也像小鹿
奔逃在丛林之中。

我捧起一座小山，
却无法把它抱拢，
总流出我的臂弯，
总泻向我的面孔。

我可以装了又卸，
千遍、万遍重复，
直到填满了小屋，
可我又有了什么？

论分量聊胜于无，
由于接触过泥土，
一片片逐渐发污，
论颜色聊胜于无。

论用处聊胜于无，
而收获总是收获，
又有谁能对我说，
收获该止于何处。

他们是这样让文字悄悄有了生命

文/午歌

指鹿为马，人与物的互相感知

大二那年，我在学校的食堂里捧着一本王小波的书看，他在《智慧与国学》一文中讽刺某些人文学者热衷于卖弄学问，却少有真知灼见时，引用了一则拉·封丹的寓言。他说那些人啊，是“大山临盆，最后生下一只耗子”。当时真没忍住，“扑哧”一声，一口浓汤直接喷了出来，算是为小波这句精湛的俏皮话伏地施礼了。

“大山临盆，最后生下一只耗子。”这是典型的比拟手法。比拟是一种常见的修辞格，其发力方式是通过巧妙的联想，把物直接当人来写，或把人直接当物来写，又或者把甲物直接当乙物来写。当人来写的叫拟人，当物来写的叫拟物。

先来看看文笔一贯诙谐不羁的马克·吐温先生，是怎么玩转比拟句的。

“紫罗兰把它的香气留在那踩扁了它的脚踝上，这就是宽恕。”这个拟人句干净利落，却饶有回味，不但一笔把被踩扁的紫罗兰写活了，还悄然赋予了它人类的灵魂与美德。

“当真理还正在穿鞋的时候，谎言就能走遍世界。”多么生动的拟人手法啊！通过拟人后的速度对比，更催生出一种幽默的意味，似乎眼前立马浮现出真理慢吞吞趿拉着鞋，谎言一路飞奔的滑稽景象。

“20年后，让你感到失望的不会是你做过的事，而会是你没做过的事，所以，请解开绳索，驶离安全的港湾，扬帆起航吧。去探索，去梦想，去发现！”马克·吐温先生在这里把人当作船来描写。这种拟物手法，显然传递出了饱满的画面感，增强了行文的宏大气势，令人印象深刻。

从物到人，它就这样鲜活起来

比拟这种修辞格跟比喻很像，都有甲乙两种事物相比的意味。不同的是，比喻是以乙喻甲，用乙和甲的相似性来打比方，做比较。比拟则更加直接，是直接拿乙的特性来写甲。

举个例子：“一轮明月从云层中升起来，像姑娘皎洁的面庞。”这显然是比喻句，把明月比作皎洁的面庞。如果改成比拟修辞，则可以这样写：“云层之中，明月探出她皎洁的面庞。”这一句，明月被直接写成了人，修辞效率显然提高，形象展现也更明快、跳脱。所以，比喻修辞会让人产生奇妙的联想，以“杯弓蛇影”的形象衍生，平添阅读体验；而比拟修辞更厉害，它直接跳过了联想的环节，径直“指鹿为马”，马蹄嗒嗒，令你心跳加速、意趣盎然。比拟修辞方式如果用好了，不但令文字描绘倏然增色，闪亮鲜活，更能赋予作品张弛有度的情绪体验和节奏快感。

从人到物，似乎也多了几许呆萌

把事物写成人，无疑会增添事物的灵性，令其形象鲜活。而把人写成事物，物化其一点，看似降低了人的维度，有时竟能在语境的对比中形成一种意料之外的呆萌。

王安忆的《命运交响曲》里写道：“会客室里没有一个人是我熟悉的，于是我只能呆呆地站在那里等人认领。”王安忆巧妙地在文末用“认领”一词，将文中的“我”进行了拟物处理，这突如其来的“降维打击”，再结合前文“呆呆地”语境铺垫，那没人熟悉、当场物化的“我”，竟横生出一股萌萌的窘意，整个句子浑然漂亮起来。

我想，只要以多情的心体察人间万物，平日仔细观察，反复推敲你的词汇，你一定能书写出令人惊艳的比拟句，令文章活色生香。

谁是《红楼梦》第一名嘴

文/张佳玮

金庸小说有一个妙处：武功风格，凑着人物性格。比如洪七公刚正侠义，用的便是阳刚简朴的降龙十八掌；黄药师聪慧绝伦，便自创了华丽斑斓的落英神剑掌。曹雪芹笔下人物不会武功，但曹公别有妙处：饮食起居，都合着人物性格。比如林黛玉住潇湘馆，贾宝玉住怡红院，红碧相映；贾宝玉爱喝的枫露茶，一听便是红色，合他爱红的毛病。

林黛玉身子弱，吃东西少，连吃螃蟹都只能吃一些夹子肉，喝合欢花烧酒；薛宝钗万事无可无不可，除了冷香丸，也不太讲究吃的，但讲究给长辈点菜；她俩对茶也许更讲究些，这不还偷闲去妙玉那里喝了好茶。

所以细想起来，《红楼梦》里论吃东西，还是老一辈懂行。

贾宝玉去探薛宝钗，薛姨妈留吃糟鹅掌鸭信，适合下酒；又用酸笋鸡皮汤给宝玉解酒。这两个菜，糟鹅掌鸭信和酸笋，都是需要平日下功夫的；薛姨妈虽然借住，到底家底厚，独门独院，吃的也是清淡又有味的东西，很合她的身份。后来刘姥姥二进大观园，仆人上点心，老太太选了松瓤鹅油卷，更香甜；薛姨妈要了藕粉桂糖糕，清雅些，也合她的风格。

这类小点心，是贾府有趣处。秦可卿生病，什么都吃不动了，只求吃个枣泥山药糕——听来既甜又柔，很合可卿病中所爱。史湘云送姑娘太太们的菱粉糕和鸡油卷，听起来就略家常些，没有秦可卿吃得那么细腻。

但最懂吃也最有口福的，还是老太太。老太太偶尔也挑嘴，说螃蟹馅饺子油腻，不爱吃；后来过年夜长饿了，又不想吃鸭子肉粥。但这不意味着她老人家吃斋。游了大观园，凤姐送了野鸡崽子汤，老太太还吩咐：炸两块送粥；炸野鸡配粥，比起贾宝玉的野鸡瓜齑，老太太直爽多了。

后来下雪天，老太太吃牛乳蒸羊羔，还说小孩子吃不得；芦雪庵写诗，老太太过来，吃了点糟鹌鹑腿子肉——鹌鹑是很小的，腿子肉更细腻，糟了之后，入味细碎，既解馋，又不难消化，细想真妙。后来王夫人吃斋，寻思老太太不爱吃面筋豆腐，就送了椒油莼齑酱：清朝时椒油调味不提，莼菜鲜美则是中国历史传奇，好吃得很。这么一想，比起动不动吃斋口味清淡的王夫人，老太太活得通透多了。

大略整个《红楼梦》看下来，赵嬷嬷们不挑剔，吃个肥厚；袭人这些小姑娘爱个甜；林黛玉与薛宝钗小姐们吃得少；妙玉很挑剔，但我怀疑她什么都不吃；贾宝玉口味已经很刁钻了，但大体也是清爽一派；薛姨妈很有口福，但也清淡；独老太太，吃得又精，又有味，是那种一看她描述的菜谱，就让人觉得是好吃之物。虽然写诗联句是宝玉和姐妹们更好，但穿衣吃饭、日常用度，到底姜是老的辣，品位还是要看老太太啊。

抄句子

愈是运气不好，愈要沉住气默默振作，静静熬过去，切勿扰攘，制造笑柄，留下后患。

——亦舒

没有一个人的高傲比得过一棵玉米的高傲，没有一个人的从容能有一棵庄稼的从容。

——余秀华

当你穿过了暴风雨，你就不再是原来那个人。

——[日]村上春树

那些死活读不下去的名著

文/罗 屿

读不下去经典，也没什么可丢人的。2012年，英国曾发起一项调查——什么是你丢弃最多的图书？在最终的榜单中，竟然出现了一部被公认为经典作品的小说——菲茨杰拉德的《了不起的盖茨比》，位列第二十位。和普通读者一样，很多英国作家也有自己死活读不下去的书。2008年，《星期日泰晤士报》曾请多位英国作家列出自己的“最恨书单”，此单一出，让天下爱书人瞠目。陀思妥耶夫斯基、狄更斯、伊恩·麦克尤恩等人的作品均位列其中。

都说法国人爱读书，但法国人也有自己的“弃书单”。2017年9月，法国媒体发起了一项“你从来没读完的小说”评选，并于近日公布了榜单前十名。《尤利西斯》《追忆似水年华》、司汤达的《红与黑》《包法利夫人》《百年孤独》等作品悉数入榜。法国人评点起这些让他们“恨由心生”的名著，和英国人一样，丝毫不留情面：《尤利西斯》被称作“杂乱无章”；《追忆似水年华》被人“直接从窗户扔到了街上”；《百年孤独》让人感觉“进入了一个不断被厄运扭曲的世界”。

倒也不是只有西方人喜欢开列“弃书单”。几年前，曾有中国出版社举办了一次名为“死活读不下去排行榜”的评选。最终，中国古典四大名著，和《瓦尔登湖》《不能承受的生命之轻》《钢铁是怎样炼成的》，以及被法国人吐槽的《百年孤独》《追忆似水年华》《尤利西斯》，进入榜单前十，《红楼梦》则位居榜首。大家吐槽“读不下去”的理由五花八门。有人说，受不了《红楼梦》里复杂的人物关系；有人觉得，《瓦尔登湖》是本很神奇的书，“第一页翻了十遍，内容依然陌生”；至于《追忆似水年华》和《尤利西斯》，由于篇幅过长，被人称作“十年以上有期徒刑必备书”。

归根结底，阅读是很私人的事。汝之蜜糖，也许恰是彼之砒霜。很多人眼中的文学大家，其实也有自己死活读不下去的书。托尔斯泰就曾公开表示，莎士比亚根本不懂得描写人物，连第四流诗人都算不上。马克·吐温吐槽简·奥斯汀：“每次读《傲慢与偏见》，我都想把她挖出来，用她的胫骨打她的头颅。”康拉德说D. H. 劳伦斯的作品“肮脏，除了下流什么也没有”。卡波特则说凯鲁亚克，“那不是写作，那是打字”。

连大师的作品也会被其他大师鄙夷，读不下去经典名著就更不必羞愧。另一位著名“毒舌”毛姆就说过，“不论学者们对一本书的评价如何，纵然他们众口一词地加以称赞，如果它不能真正引起你的兴趣，对你而言，仍然毫无作用”。重要的是，每个人要在浩瀚的书海中发展自己的兴趣，构造自己的罗盘。另外，在读书这件事上，毛姆还提供了一个建议：也许有时，你无须放弃整本书，而是要放弃某些过于冗长的篇幅与段落，也就是学会跳读。

无论采用何种阅读方法，亲近、享受适合自己的书，才是最终目的。通过阅读适合自己的好书，“给狭窄的心，一个大的宇宙”。

书是用来读的，更是用来囤的

文/邝海炎

每年“双十一”过后，剁手党们都会陷入自责，喜欢买书的人，还会被人奚落：“买那么多书干吗？买了又不读。”

但今年不一样，“囤书癖”们开始理直气壮。比如：“买书不读是慈善家，正是这些买了没有读的书让很多书店活了下来。”“日本音乐家、小说家中原昌说：‘书买来放着不看，其实就和买花一样，只要房间里有那本书，就会觉得心情好。’”还有更有趣的：“买了书哪怕不看，光是堆着也很有用哟。你的大脑会从书里接收一种现代科学无法解释的念力波，让你的脑细胞活性化。”有网友补充：“用量子力学解释，你身上的某个量子会与你身边书上的某个量子发生量子纠缠，估计就是念力波。”这当然是说笑，却提醒我们：除了阅读，书或许还有其他功能？

诗人余光中喜欢书的漂亮封面，欣赏“企鹅丛书”的典雅、“现代丛书”的端庄、“袖珍丛书”的活泼、“人人丛书”的古拙、“史基拉艺术丛书”的堂皇富丽。日本建筑学家中村好文说：“我是一个喜欢书的人，仅仅看着书脊的那些文字，就像被人爱抚的猫一样陶醉。”这就是视觉享受。

作家冯骥才写过一篇《摸书》，说有一位嗜书老汉终日在书房里。“读书之外，便是把那些书搬来搬去，翻一翻、看一看、摸一摸。他像醉汉泡在酒缸里，这才叫真醉了呢！”意大利藏书家艾柯也说，一个爱书狂如果得到一本珍本书，会在深夜把书拿出来细细抚摸，那滋味如同“唐老鸭在满是美元的浴缸里泡澡”。这就是触觉享受。

资深书友还喜欢嗅书的香味。有研究称：“苯甲醛具有特殊的杏仁味，香草醛释放香草味，乙基乙醇带有少少的花香，乙苯和甲苯也会释放出甜香味，这些经酸水解产生的挥发性物质及其他反应生成物共同构成了旧书的书香味。”听说有公司曾生产有旧书味的香水，一下就卖断货了。

除了看看、摸摸、嗅嗅，乱翻也是有益的。我住的城市最近就建了几座24小时图书室，我上次跟市图书馆馆长吃饭时，还特意敬了他一杯酒。他诉苦说：“有些孩子不懂事，在里面乱翻，乱扔，管理很难。”我开解道：“书不只是给读的，也是给玩的。孩子即便不读书，把书当玩具也不错，他为什么不去其他地方玩，偏偏喜欢在图书馆玩？说明他喜欢图书馆的氛围。说不定哪一天他会发现书上的彩色图案好像日常生活里的某物，就会好奇地一页一页翻下去，去观察书中图案和真实生活的关联，这在教育学上叫作‘表征概念’。当他发现一些关联时，大脑会分泌让他兴奋的多巴胺，就好像海边玩沙子的孩子偶然中捡起一只海螺，便听到了大海的诗意呼唤。从此，他就不撕书了，并且爱上阅读。”

你也许会说，玩书只是癖好，不值得效法。可清代文豪袁枚说：“余观世上语言无味面目可憎之人，皆无癖之人耳。若真有所癖，将沉湎酣溺，性命死生以之，何暇及钱奴宦贾之事？”那多一些囤书的人，是不是就会少一些囤钱的贪官呢？

给自己的文章“美容”

文/余显斌

文章美有两方面，一方面是内容，给人一种正能量，一种向上的力量；另一方面，则是要注意语言的美，给语言“美容”。汪曾祺老先生的文章，可以说，无论上了年纪的人，还是学生，都极为喜爱。他就注重语言，他曾经说过，文章的语言不可轻视，没有语言一塌糊涂的，文章会成为好文章。而他自己，更是用自己的文章，做了写作者的楷模。

他的语言，清新，自然，如一条白亮的水流，自然地流淌。

他的语言，洁净，优美，如草地上的蒲公英，幽雅地摇曳着。

他的《葡萄月令》，简直就是一首唐代的山水田园诗。

其文之美，首在语言

汪曾祺老人语言的美，是写作界所公认的。他的语言没有什么繁难的，没有什么晦涩的，用极为平常的语言，几乎是口语表情达意。而且，作者的语句不长，几乎都是短句，可在短句里，不时地插入长句，这样就让句子读起来朗朗上口，如同乐音。

白描手法，简练多变

汪曾祺老人的文字美，还在于白描手法的运用。这点，是他的古文底子起着很大的作用。中国明代小品文作家，都极善于捕捉事物情态，以及样子，然后用一支素笔，不加色彩地勾勒事物的情状，这要求作者要有极深厚的艺术功力，包括观察能力，包括语言表达能力。明代的张岱，在他的《湖心亭看雪》中，就运用了这样的笔法：

崇祯五年十二月，余住西湖。大雪三日，湖中人鸟声俱绝。是日更定矣，余拏一小舟，拥毳衣炉火，独往湖心亭看雪。雾凇沆砀，天与云与山与水，上下一白。湖上影子，惟长堤一痕、湖心亭一点、与余舟一芥、舟中人两三粒而已。到亭上，有两人铺毡对坐，一童子烧酒炉正沸。见余，大喜曰：“湖中焉得更有此人！”拉余同饮。余强饮三大白而别。问其姓氏，是金陵人，客此。及下船，舟子喃喃曰：“莫说相公痴，更有痴似相公者！”

整篇文章很短，但是，由于白描手法运用极妙，因此，给人一种清新淡雅的格调，给人一种优美清新的意境，让人读了，好像置身其中。

一支淡笔，风俗优美

作者的文字优美，还在于他笔下的优美人情风俗。作者家住高邮，年轻离家，漂泊四方，老来回忆当年，有同学，有亲人，有各种各样的美食，有各种好玩的事情，信手拈来，加以描摹，让人读了格外亲切。

他写故乡舂粉子的情景，如在目前：

舂粉子。有位邻居，有一架碓。这架碓平常不大有人用，只在冬天由附近的一二十家轮流借用。碓屋很小，除了一架碓，只有一些筛子、箩。踩碓很好玩，用脚一踏，吱扭一声，碓嘴扬了起来，嘭的一声，落在碓窝里。粉子舂好了，可以蒸粉、做“年烧饼”（糯米粉为蒂，包豆沙白糖，作为饼，在锅里烙熟）、搓圆子（即汤团）。舂粉子，就快过年了。

读书，要懂得『取』和『舍』

文/易中天

有句老话，叫“男怕入错行，女怕嫁错郎”。读书也一样。读书当然不等于娶妻嫁人，非得“从一而终”，一辈子厮守不可。换一种书或一类书来读，也不像离婚改行那么困难。但这决不等于说读什么书是无所谓的。书的意义，有时比配偶还重要。因为一个人一旦养成了读书的习惯，往往就终身爱读甚至只读某一类书。这些书会影响他一辈子，甚至决定他走什么样的道路，有什么样的思想。

即便书不等于偶，至少也近于友吧？读什么书，也就是交什么人。古人云：“不知其人而视其友。”依我看，也不妨说“不知其人而视其书”。如果架上多为有思想有品位有分量的著作，自然“谈笑有鸿儒，往来无白丁”。相反，如果终日里尽读些不三不四的玩意儿，则其人也难免会有些不三不四。不是说他人品一定不好，至少其品位就很可疑。

人总是愿意有些品位的。如果读来读去，品位没提高，反倒弄得俗气了，岂非南其辕而北其辙？这就要有所选择。选择也不易。谁来选，怎么选，都是问题。那么，自己来选又如何？也很困难。一个人，如果从来就没读过书的，他怎么知道该挑哪类书、哪种书、哪本书？要想学会选择，而且选得不离谱，除非他读过很多。

其实答案也就在这里：要学会选书，必先多读书。观千剑而后识器。判断力和鉴赏力都是从实践中产生出来的，读书也不例外。因此，初读书时，最好什么书都读，就像结婚之前先广交朋友，然后再从容选择一样。不要才见了一个，便忙不迭地“定了终身”。树木后面是森林。一叶障目尚且不可，如果那“叶”还是败叶，岂不更糟？

书读得多了，就有了选择。这倒不是说从此就只读一种书或一类书了。所谓“有了选择”，只不过是有了品位；所谓“有了品位”，也不是说从此只读“雅”的，不读“俗”的，而是说有了判断力和鉴赏力，知道好歹了。好歹和通常所谓的雅俗不是一回事。自命风雅者，往往其实是“恶俗”；向为专家学者辈不屑一顾的“俗物”，却没准儿反倒“大雅”。是雅是俗，全看你有没有品位。没有品位，即便是《浮士德》或《红楼梦》，也能让他讲得俗不可耐。品位只能来自阅读的经验。读得多了，自然也就知道好歹。这就要博览群书。而且那“博览群书”的“博”，还不仅是数量的“多”，更是品种的“杂”。朱光潜先生说：“你玩索的作品愈多，种类愈复杂，风格愈纷歧，你的比较资料愈丰富，透视愈正确，你的鉴别力也就愈可靠。”所以，终身只读一种书或一类书是不妥的。它虽然能造成品位的纯正，却也难免趣味的褊狭。

倘若无此可能，恐怕也只好挑那公认的经典名著来读。读经典名著，虽然没准儿会读成个“书呆子”，却肯定不会读成个“二皮脸”。或许有人要问，如果我读了一辈子书，觉得读什么都好，并没有什么“最”喜欢或“最”合适的，又将如何呢？当真这样，我就要说，你做了最好的选择。你想，一个人，一生中时时有爱情，处处有朋友，岂非幸福？

一起读

研究显示，大约有40%的人一生中至少会经历一次“鬼压床”。超过一半的“鬼压床”是被噩梦惊醒的，肌肉的瘫痪状态往往只维持几秒钟就会被解除。但是，如果我们的祖先在野外睡觉时遇到危险，肌肉却不听使唤，那可就麻烦了。所以人类进化出了一种特殊的睡眠机制，每隔大约5分钟就会醒一次，每次最多几秒钟就会再次入睡。这样算下来，我们每天晚上都会醒100多次，不过这不是真的醒来，只能算是“微觉醒”。

——袁越《人睡觉时，每5分钟醒一次》

写作，不要怕慢，坚持就是快

文/麦　家

我觉得一个作家最重要的职责是要关注自己的心灵，要和自己的心灵时刻团结在一起。除了要和心灵团结外，我觉得一个作家还应该和自己写作的语言握紧手。

我认为，作家在写作的时候是个性化的动物，他需要孤独、需要思考、需要体力、需要个性，但写完后一定需要读者。一个作品写完了放在抽屉里，这个作品在某种意义上还没完成。一个作品真正完成是指你写完了，读者看完了有读者的意见。这是读者和作者之间无法逾越的关系。

作家的风格是慢慢形成的，他在探索中逐渐发现、形成自己最擅长的东西，那可能就是他的风格。在写的过程中有很多不确定性，会误入歧途，也会误打误撞撞见南山。我觉得余华有句话说得很对：是什么让你成为作家的？不是思考，也不是阅读，就是写，不停地写。风格的形成也是这样，只有不停地写，在写的过程中体会、发现、成长、成熟。

文学其实是一个梦，是对现实的不满足，是对现实的逃避和臆测。如果文学的最终目的是要把你强行拉回到现实，让你牢记生活的难和苦、庸碌和猥琐，我怀疑它还有没有存在的必要。文学应该是给人长翅膀的，把你从地面上升腾起来的一种东西。

要知道，文学的现实性并不在于它的题材本身的现实性。卡夫卡的寓言式写作，具有巨大的现实意义，他写出了工业文明对人的异化。这种例子举不胜举。总之，文学写作的现实性有多种实现途径，并不是一定要把现实生活原封不动地端出来，那是一种最偷懒和不动脑筋的做法。文学与现实不是直接的一对一的关系，而是文字和心灵的关系，是种子和土地的关系。

我确实写得不快，但坚持每天写，其实回头一看也是不慢的……所以，不要怕慢，坚持就是快。我写得慢，是因为我对写作一直有种畏惧心理。我老是担心写得不好。我需要等待，也许它会来，我会有新的兴奋点，作家写作就像谈恋爱。

其实所有的写作都是从阅读开始的，阅读对我来说比写作更重要，它完全是我享受人生的一种方式，给我最大的奖励就是让我有时间、有心情坐在书房里安安静静地读书。

写作就是把自己的内心掏出来、挖出来，就是为了表达自己，表达自己对社会和人生的看法。

要写出读者认可的好作品，最简单的办法是要寻找自己的个性，文字才是你最有力的武器。

一个作家不管写什么东西，最后都必须还原到现实世界中才是有价值的。我的意思是，任何写作都是为了反映现实，哪怕像《西游记》这样的小说，完全是虚空、荒诞的作品，放到今天的人面前，我们还是可以看到现实世界的影子。如果它和现实完全不搭界，也就不可能有读者，正因为它在荒诞的表面下，它的核心和现实是连通的，它是反映人性的，它是表达世界本质的，所以它才能够代代传下来，至今还有读者。（根据麦家访谈整理而得）

名词·动词·形容词

文/许冬林

初写文章，喜欢积攒形容词。好像脑子里装了几个形容词，自己就可以像暴发户一样偶尔嘚瑟。形容词可以帮我们撑面子、撑场子。

有几个文友，早几年，直言自己喜欢哪几个形容词，自然，写文章时，会不时端出那几个鲜艳的形容词来待客。我从前也热爱形容词。

形容词很虚妄，是飘的，无根，不及物。它华丽，但空洞。只能用来修饰句子，修饰初写的笔。它做不了主干，成不了主角。最要命的是，它可以到处修饰，傍谁的肩，都亲昵。有青楼气。

如今偶读一些新手的文章，劈面就是成片的形容词，堆砌万里长城一般，就会想到曾经的自己，就会莞尔。这样的文字，我一般看不完。

形容词要节制着用。满头戴花的是傻村姑。闺秀只一朵，又孤又美。

玩得转动词的是江湖高人。

动词就是这样，一个词救活一段文字，救活一篇文章。一个词，能读得人热血沸腾、青筋暴起，一个词能读得人柔肠缠绵，三生三世不能忘。

鲁迅写小说《孔乙己》，小说里，穷困落魄的小知识分子孔乙己第一次出场时，在咸亨酒店喝酒，喝过结账，他在手掌心“排”出九文大钱，一个“排”字把一个小人物丰富的内心世界给扯出来了。还有小说后面，孔乙己最后一次出场，已经残疾的他喝过酒付账，已经是“摸”出四文大钱。这个“摸”让人想到多少内容啊，是更穷了，彻底的穷困，彻底的凄惶……

动词，玩的就是一招致命。没有太多的废话饶舌，没有虚张声势，只出手一次，让你疯狂，或者让你灭亡。在用得绝妙的动词面前，我们连虾兵蟹将都算不上，还妄图兴风作浪，只觉得惭愧。道行不够啊！

名词是世外高人。有一天，脱下满身珠光宝气的形容词，也弃了闪电般的兵器闪电般的动词，都不留恋了，一身素衣，隐于市井、山林、水滨。这是名词的状态。

张岱的《湖心亭看雪》，形容词极少，也无多少动词来施展身手，但是，文章美得空灵坦荡，无人可比。热爱形容词和动词，或者是内心火气重，或者实在是功夫了得，但是，当正经用起名词时，内心已经是不争的状态。因为不争，所以气息平稳。

信赖名词了，就像情话，到极致处，只是朴素。

名词的时光，是贝壳、草、棉麻；是素颜、静默、接纳与包容。

一起读

人体的脂肪大致可以分为两大类：“坏脂肪”，就是你腰上长的那种白色脂肪；“好脂肪”，则是棕色的。棕色脂肪，不同于那种让你变胖的白色脂肪，是一种特别的脂肪，可以通过线粒体的脂肪氧化作用产生热量，并消耗脂肪来进行御寒。棕色脂肪细胞组织可以让你在吃了同样多的食物之后，比别人长的肉少。

人体内的白色脂肪，就是我们常说的肥肉，最主要的功能就是储存大量的脂肪分子。而棕色脂肪的功能是燃烧和消耗能量，一般存在于舌下、锁骨周围和脊柱周围。当全力以赴时，每千克棕色脂肪的燃烧功率高达500瓦，可以和家用微波炉媲美。这也为很多吃不胖的健康人提供了合理的解释：很可能他们的棕色脂肪活化频率高、比例高。

——林泉《为什么有人天生吃不胖》

有一天，我听朋友说，照美国习俗，女儿出嫁的时候，都要由父亲带女儿跳支舞，宾客们则围在四周唱“不再是爹地的小女孩”。于是想：你小时候，我先跪在地上拉着你的小手跳舞，渐渐弯着腰带你跳舞；当你出嫁那天，我跟你跳，一定会感慨万千，老泪纵横。

就在这感触中，我提起笔写下当时的心情，而且一边写，一边落泪，写完读两遍，还是情绪澎湃。

隔了一个多月，我几乎把这事忘记，有一天接到朋友电话，说我新发表的文章实在太感人了，令他掉下眼泪。我赶紧翻报纸，原来那篇冲动之下所做的文章发表了，我再读一遍，居然又落下泪水。那篇《爹地的小女儿》后来被好多朋友提起，每个人都说深受感动，因为探触到他们心灵的深处。

我说这故事，是要告诉你，写文章有“热笔”和“冷笔”，前面提到的这篇文章，发于至情，毫无保留地把内心话说出来，不事雕琢，也没有再三修饰，却能“直指人心”，属于“热笔”。

至于那些经过“谋篇”先计划好写成几段，怎么导入主题、引申论述，又如何下结语的，则属于“冷笔”。也可以说以“情”取胜、毫不遮掩地“说尽心中无限事”的常属于“热笔”；以“理”见长，经过再三推敲、精雕细琢的常属于“冷笔”。

热笔与冷笔

文/刘　墉

热笔常需要灵感的刺激，如同火药需要火种去点燃。冷笔则比较能够“经营”，你只要多读书，多存素材，再训练写作技巧，就能得到。也可以说热笔可以“偶得之”，冷笔则能“一分耕耘，一分收获”。为了保证自己总能写出不错的作品，每个人都得学习“冷笔”。

写作最要紧的是先抓住“人地事时物”，你别以为这没什么稀奇，要知道：检验这五项，好比驾驶复杂机械的人，就算老资格，也得把操作的重点检查一遍。譬如《母亲》这个题目，以“母亲是生我的人”来破题，恐怕也嫌俗。这时，你就得从“人地事时物”这五大要项里找灵感了。

从“人”和“地”去想，你可以说：“在外地读书，最令我思念，也最思念我的，就是我的母亲了。”从“事”和“物”去想，你可以说：“每次穿上大衣，都想到我的母亲，想到我离开家的那天，出门了，她突然把我叫住，为我把每颗扣子都扣好，一边扣一边说：‘天冷，别懒！’”从“时间”去想，你可以说：“端午节了，我却因为功课赶不完不能回家，早上突然接到一个快递的邮件，打开来，居然是母亲寄来的她亲手包的粽子。”然后你就能写回忆母亲包粽子的画面，以及一家人吃粽子的种种温馨往事。

我们常说“艺高人胆大”，你想作文轻松，一定要艺高，艺高则需要平时努力。为了使你写出的东西与别人不同，也为了表现你旁征博引的功夫，你要多看课外书籍，甚至报章上的科学新知都得汲取。在生活中则要多观察，从细微的东西上“格物致知”，从人与人间去“感悟深情”。

最后，我要把中国画论里的一句名言送给你——“存心要恭，落笔要松”。写文章也一样，你即使找来许多材料，也得经过筛选，留出最适用的那几样，再有条不紊地写出来。只有这样的文章才能有组织，不杂乱，也才能形成一条清晰的“理路”，把你心里的话，说到别人心中。

用悄悄话写作文

文/史 峰

悄悄话也称耳语，因为说话人的声音很低，所以只有说与听的两人才知道内容。生活中，每个人都有说悄悄话的经历吧？如果把生活中的悄悄话写进作文，会有意想不到的效果。

用悄悄话开头

有些同学感觉写人不知从何写起，记事也不知从何记起，作文开头难呵。现在，作文开头不难了。咱们可以直接用悄悄话起头。比如作文《班长小婷》开头这样写：小婷走进教室，先附在李安的耳朵边说了一通，然后又跑到赵伟的跟前，仍旧悄声说了一通。也不知她说了些什么，搞得李安和赵伟脸上慌慌的样子……

悄悄话在生活情景中会普遍发生，只要你愿意去撷取，顺手可得一个悄悄话的情景，写进作文，就是一个不错的作文开头。好的开头是成功的一半，依悄悄话动笔，就可以顺利地写好作文后一半了。

用悄悄话制造气氛

要想让作文有吸引力，需要有精彩气氛。悄悄话是别人想听到却又听不到的内容，所以很具神秘的力量，特别能营造精彩气氛。比如：比赛踢到最后还是零比零，点球见输赢。四班的点球队员刚站好，队长竟然跑到队员跟前，趴在他耳朵上嘀咕起来。我努力去听他俩嘀咕什么……反正听不太清楚，我正在疑惑间，对方一脚劲踢，球已经飞到眼前了！原来，他们这是用悄悄话分散我的注意力呀。

足球比赛到了点球时段，本来气氛已经相当紧张了。作者却嫌紧张气氛不够，加入一段悄悄话，在努力辨别悄悄话内容的过程中，让比赛场景的紧张气氛陡然增加，听辨之间，忽然一球飞来，简直到了让人心惊肉跳的地步。你看，悄悄话制造紧张氛围的效果很不俗吧！

用悄悄话增强吸引力

悄悄话对于第三方来说，在很多情景下是听而不清的“谜团”，只要是个谜团，就会有吸引力。可以把悄悄话当成一个谜团写进作文，用悄悄话谜一样的魅力增强作文的吸引力。比如：以往，离家还有百米远，小黑就能听到我的脚步声，然后欢快地汪汪叫起来。今天，我都快到门口了，也没听到小黑的叫声。我一脚踏进家门，小黑迎上来，还是很欢快，却没有叫。我蹲下，它就附在我耳朵边，哼哼着，与我说起悄悄话。小黑为什么要与我说悄悄话呢？

对呀，小黑为什么不大声叫，要控制气息说悄悄话呢？你看，不解其意的悄悄话，就成了大谜团，让人疑惑不解，作文的吸引力就提升了。

用悄悄话抒发情感

当然，写进作文中的悄悄话，并非都不会让第三者知晓内容。有时候，我们可以把悄悄话的内容在作文中公之于众，让第三者完全知晓，从而感受埋藏在悄悄话里的深厚情感。

比如作文《记得》中有这样一段公之于众的悄悄话：记得，在我犯错误时，被爸爸揍屁股，哭过之后，妈妈附在我耳边轻轻说：“儿子，别怨你爸，他是为你好。屁股还痛吗？”记得，我考试得了双百，高兴得手舞足蹈时，妈妈附在我耳边轻轻说：“嗯，真是优秀的儿子，别骄傲哦，下次看你的。”记得……

在成长的道路上，妈妈曾经说过那么多的悄悄话呀。每一段悄悄话，都饱含一段真情。原来，悄悄话是酝酿情感、抒发情感的作文大招呀。

95后『学霸』给同龄人写了本天文学教材

文/佚名

这段时间，有一本新书正在被杭州图书馆、宁波图书馆等大力推荐，是一位95后“学霸”写成的科普读物，书名叫作《心阅星空》。这本书是孙邦正为天文爱好者写的入门书，在高二时就已经开始写了，经过多次修改、完善，历时4年才正式出版。孙邦正现在是美国威斯康星大学麦迪逊分校的一名大三学生。

“其实我一直觉得自己学习不够刻苦，尤其是高中的时候，组建和发展天文社，以及写书，花了挺多时间，学业成绩挺差的。”孙邦正对“学霸”的称号回应很谦虚。他说，天文这个爱好开始于2009年7月22日的一场日全食。“那时候我小学刚毕业，去观测日全食，是老师留的作业，要我们观测完以后每个人写一份简报。现在想来，当时大部分同学对这个作业都比较马虎，可我真的很认真去准备了很长一段时间。”

当时很多同学看到食甚结束，就是太阳开始复圆的时候就不观测了。孙邦正是那天在楼顶上唯一坚持到整场日食结束的人。那一天，孙邦正在太阳底下经历了3个小时的暴晒。

2012年，孙邦正进入杭州学军中学读高中，他联合学校里几位同样爱好天文的学生，一起创办了天文社团，并担任第一任社长。除了聚在一起交流天文知识外，孙邦正几乎每个星期都要为社团成员上一堂天文学的选修课，“杭州其实很多高中后来都发展了天文社，我们还成立了杭州高中天文社联合会。我就想着，能不能把自己以前给社团成员上课时用过的知识点都汇总起来。大家一定缺乏这样适合高中生阅读的天文书”。

有了想法后，孙邦正从高二着手整理书稿，一直到高考快结束，才完成只有87页的初稿。之后，他经历了3次改稿，几乎每一次都是大刀阔斧地修改，最后一次，“我到了美国后，读了这里很多原版天文学课程，发现了与原先思路上的区别，于是重新进行了修改”。这样一来，历时整整4年，《心阅星空》才得以出炉。

在学军中学天文社地理指导老师徐勤眼里，“孙邦正不仅仅是学霸，更是学神！”他说：“学霸只是成绩好一点的学生而已，孙邦正是个发展很全面的人。他功课不赖，体育非常棒，是国家二级运动员，在100米、200米的省市田径赛中经常获奖。孙邦正还是个棒球迷，曾经是学校棒球社社长的他还代表中国队参加过中日韩俄四国中学生棒球邀请赛。”

孙爸爸说，当时有好几所美国高校录取了他，他就自己对这些学校在天文方面的排名、教授水平等进行了分析，并联系了国内几位天文方面的院士进行请教。“他给这些院士发邮件，得到同意后就背了个包，自己找上门去拜访。”孙爸爸说，儿子看似内向，但在天文方面一向敢为人先。

美女学霸养成记：我要做最闪亮的那颗星

文/张东亮

1998年出生的赵丹阳是广州女孩，父母都是知识分子。在外企当白领的母亲有过海外留学经历，对赵丹阳的成长产生了不可忽视的影响。

儿时的赵丹阳就不同寻常，当同龄人还沉溺在动画片中无法自拔时，她已经学会了关心时事政治，关注国家大事。她经常在完成作业后，独自坐在电视机前津津有味地看世界新闻，并问爸爸妈妈："索马里离中国有多远？""约旦河西岸那边为什么经常有战争？"父母虽然工作忙碌，但他们从不会以"长大了你就懂了"来敷衍小丹阳，而是通过耐心讲解满足女儿的好奇心。于是，赵丹阳小小年纪就具有"国际视野"。

没想到，自从赵丹阳随父母到英国旅游过一次，并了解了当地学校有趣的教育方式后，她就开始缠着爸妈要留在英国读书。她才8岁，赵妈妈想想就心疼。但赵爸爸在第二年同意了女儿的选择。2007年，他们把小丹阳送到了英国第三大城市利兹读书。然而，赵丹阳毕竟只是一个孩子，在异国他乡，交流障碍、文化冲击、饮食习惯、被孤立等考验如潮水般汹涌而至……每到夜深人静的时候，她都会抱着书本哭泣不止。

"你不出国，根本体会不到什么叫孤独。但只要挺过去，就好了。"她知道自己为什么要出国，她不仅要成为学习最好的那个，更要成为人群中最耀眼的那个，她想让自己的光芒闪耀全世界！

赵丹阳苦练英语，并为自己取名为CeciliaZhao。当别人玩耍的时候，当别人开party（派对）的时候，当同学们已经上床睡觉的时候，她总是躲进校园某个角落练着发音，背着单词……知识让小姑娘变得强大，她开始慢慢融入学校，融入学生群体，更凭借自己聪慧的头脑，在一年后成为全年级最耀眼的小学霸。数年后，一直成绩优异的赵丹阳初中毕业，考进了著名的赫特伍德中学。2015年，赵丹阳以全校第一的成绩被牛津大学录取，也是本届全校唯一考入牛津的学生。

牛津辩论社，是她上大学后第一个要征服的目标。这是世界上最负盛名的辩论社团，被称为西方世界言论自由的终极堡垒，不仅有着195年的历史，对于外籍尤其是外籍女性的态度，也并不十分友好。该辩论社录取采用投票制，进入牛津大学的第一个学期，赵丹阳用了整整半年的努力去准备这次竞选，为了一天的闪耀，她付出的辛苦难以计数。结果是喜人的，赵丹阳以最高票加入了辩论学会，成为学会中的委员。

2018年4月下旬，牛津大学将举行年度辩论大赛，辩题是"科技帝国的崛起威胁社会发展"。为此，赵丹阳查阅资料，写辩论文，模拟辩论，做了充分的前期准备。

4月21日晚，辩论赛在牛津大学开幕，多家英国大牌媒体全程拍录。赵丹阳精致的妆容，自信的举止，优雅迷人，这个东方美女迅速吸引了全场的目光。作为反方辩手的赵丹阳一开口，纯正的英语发音和妙语连珠的发言，就令全场肃然起敬，就连牛津大学校长，都冲她竖起了大拇指。如今，丹阳正在本硕连读。她一直相信视野决定格局，而格局决定未来和命运。"就像一个没有见过大海的人，他只会迷恋小河，又怎么会产生在星辰大海间远航的梦？"

“白吃”激发学习热情

文/石毓智

世界一流大学之所以能成为世界一流学校，原因是多方面的，其中，善于激发学生的学习热情是重要原因之一。我曾前后在美国读书访学近十年，这些大学经常会利用美食来激发学习热情。

我在斯坦福大学读书，“白吃”了多次午晚餐。斯坦福是私立大学，不仅有钱，而且财政上的自主权也大，会拿出不少钱用在学术活动的饮食上。

斯坦福愿意在美食上“破费”的目的，是引诱、激发大家的学习兴趣和研究热情，所以并不是任何学术活动都提供吃的。那些大型的名人演讲，本来就很受欢迎，一般不提供。对于小型的、冷僻学科的讲座，则大都有免费食品。越不吸引人的学科讲座，所提供的免费食品就越精美。给我印象最深刻的是一次哲学讲座，不仅有精美的食品、水果，还有啤酒、葡萄酒，这是我唯一一次碰上有酒喝的学术讲座。我当时有些贪杯，一大杯葡萄酒下肚，立刻就有点上头。不过，喝高后听哲学讲座，悟性特别好。

斯坦福自发式的群众学习小组特别多，什么名目都有。而这些小组之所以能长期坚持下去，与美食刺激是分不开的。

2010年秋季，我再赴斯坦福访学，旁听过一门波利亚数学课，波利亚是该校数学系已故的知名数学家，该课程主要是为参加美国大学生数学竞赛的学生提供培训的。而教学方法也很特别，我称之为“必胜客数学法”。

上课时间定在每周一晚上6点到9点，这个时间正好与吃晚饭时间冲突。开始时我还疑惑，谁会不吃晚饭饿着肚子来学数学呢？后来每次上课，教授先讲10分钟左右，主要是讲些解题思路，然后发给大家一些数学题。这时候，外边的餐馆开始把学校预先订好的必胜客比萨和饮料送到。

闻到香味的学生便从教室里蜂拥而出，排队去取自己喜欢的品种。一会儿，只见学生们一手拿着必胜客，一手拿着数学题，或站，或坐，或沉思，或谈论，气氛热闹非凡。

过了三四十分钟，大家吃饱喝足了，就陆续回到教室。那些对老师给的问题有了答案的学生，就主动在黑板上演示，然后讨论、评判。

我们总讲“食不言，寝不语”，到底有没有什么科学道理，没人去想。然而，我在斯坦福期间，很多专业都有一个“午餐盒讲座”，是安排在中午12点至1点的讲座，请的都是世界各地的大专家。大家都端着自己的午饭，有自己家里带的，有食堂买的，有中餐的，有西餐的。讲座中间提问题，很多人得先把嘴里的食物咽下去，才能开口。很多人的第一反应就是，这也太随便了吧，似乎对讲者不太尊重。其实，他们根本就没有把吃饭看作不严肃，把学术讲座看得太严肃。

把“美食诱惑”用于教育的做法，既不奢侈，也不浪费，充分利用人的天性，诱发师生的求知兴趣，保持人们对科学的热情，是一种另类的教育观念。

我们与哈佛的差距 可能就三顿饭

文/邹振东

第一顿饭：教授太太请教授们

“哈佛的教授太太文化”其经典代表就是太太经常请各位教授到家里吃饭。哈佛学者把这样的吃饭叫作“读书会”，几乎每周都会在一个教授家举行，教授太太就是当然的女主人。所有的与会者都觉得受益匪浅，因为无数的选题、灵感都来源于此。吃饭的可能是同行，也可能是不同学科的学者，想象一下：吃饭聊天的有历史学教授、语言学教授、天文学教授、神经学教授，他们可能聊什么？

邬教授对高等教育的研究有一个“鸽笼理论”：现代高等教育随着学科分类越来越细，不同专业的学者越来越困在自己的鸽笼里。出路就是要为鸽子们提供“广场”。教授太太提供的客厅饭局，就是这样的跨学科“广场”。当然，最重要的是教授太太文化品位要好。如果家里鸡飞狗跳，恐怕没有人敢上门。

第二顿饭：本科生请教授吃饭

哈佛致力于让本科生成为大学的主人。哈佛会给每一个本科生一笔钱，专款专用，就是请教授吃饭。有一段时间，教授们突然发现自己被密集邀请，原来学校食堂员工罢工了。

好些大学的问题就是：本科生见不到教授。越是名牌教授，越不给本科生上课。据说，某985高校有一个博士研究生，导师是院士，一直到毕业，都没有单独和导师说过一句话。

哈佛对本科生的好，没有吃亏。据说哈佛的校长做过调查，对哈佛的捐赠，比例最大的来自本科生校友，而且这些捐赠也有相当比例要求直接花在本科生身上。这就是良性循环！

我曾经写过一篇文章，题目就是：《厚待自己的学生，就是厚待学校的未来》。那些校长办公室有空调，却舍不得给学生开空调的大学，别指望他们毕业了，还会热情洋溢地给你捐款。他们在大学已经热够了！

第三顿饭：图书馆馆长请教授吃饭

宋怡明教授认为哈佛还有一个优点，就是所有人员自觉为教授服务。他得意地宣布，目前哈佛大学图书馆有关金门书籍全世界最多！原因就是他在研究金门，而每年哈佛图书馆馆长都会请他吃饭，问他需要买什么资料。我问宋怡明：“是不是看你是费正清中心主任，图书馆馆长对你特别殷勤？”他连连摇头：“我还是副教授的时候，图书馆馆长就这样做了，这是他的日常工作。”

哈佛大学整个行政保障系统都明白：教授的需要是最重要的需要，教授的时间是最宝贵的时间。因为他们是哈佛最值钱的资产。

教授太太请教授们吃饭，本科生请教授吃饭，图书馆馆长请教授吃饭，分别对应着三个共同体：大学的学术共同体、教学共同体与行政共同体，它们一起建构着整个哈佛的大学共同体。

三顿饭请客的共同对象，都是教授，显示出教授是大学的重心。解决好教授这个大学重心，才能解决好学生这个大学中心。因为教授是大学最重要的生产力。中国人喜欢引用这句话：“所谓大学者，非谓有大楼之谓也，有大师之谓也。”大学的文化就是大师能否养成的土壤，就是大师能否存活的环境。

你个老学霸

文/贝塔

1

第一次见到商琰，是小学六年级开学时。班主任介绍说是乡里来的转校生。他高高瘦瘦的，皮肤白净，戴着眼镜。

不过没两天，商琰就凭才华震惊了我们所有人。他转来我们学校写的第一篇作文，就被老师当作范文在班上念，我们却都怀疑，他该是从哪儿抄来的。可是随后在学校举办的作文竞赛和数学竞赛上，商琰都拿了第一。我们完全服气了。

中考，商琰毫无悬念地拿了全县第一，比第二名整整高出了50多分。高中商琰每次考试，都是稳稳的年级第一。高考之后，我们对着标准答案估分，然后再选报大学。结果是，我落榜了。“你晓得不？商琰也落榜了。”一个同学小声对我讲，像在讲什么国家机密。

我着实吃了一惊！

“他好像才考630多分。”

2

后来，商琰去了旁边的一个市重点中学补习。我不甘心，我想我是有实力的，只是赌运不佳，于是，我回到老家的县二中补习。很快，第二次高考来了，我报了中南大学。结果，又落榜了，分数仅差1分。我觉得，命运简直就是在玩弄我。但我很快得知，商琰也落榜了。

一次聚会上，我遇到了商琰。他问：“现在有什么打算？”我说：“不知道。怕是要去广东打工吧。”

“要不，你跟我去六盘水补习吧。”几天后，我跟着商琰去了水矿一中。没多久我就发现，商琰在那儿，几乎无人不知他的大名。

那年是水矿一中历史上最辉煌的一年，有8个考上了清华北大，1个考上了第一次来贵州招生的香港大学。可商琰却落榜了。大家都替他感到惋惜，我姨妈也说：“商琰考运不好啊。每次高考就是使不上力。”高考失利的伤疤，我们是不敢揭的。

3

第二年四月，商琰没来上课。他的室友告诉我，他去旅行了。原来，商琰得了抑郁症，旅行散心是医生的建议。商琰返校之后没多久，全省模考开始了，726分，全省第一。

那是我第三次参加高考，却是感觉最坏的一次。一周后，高考分数公布，竟远远高出了我的预期。可是，商琰再次考砸了。全省排名70多，无论填报清华还是北大，都不怎么稳。最后他选了上海交通大学。

一次，我碰到商琰，他笑着说：“上交也挺好的，还能挑一个好专业，你报了什么大学？”

我说：“西南财经大学。”随即尴尬地笑了笑，“不知道能不能上。”他惊呼，“你这个分数都上不了，简直没天理了。”我深深地叹了一口气，“我们这几年，没天理的事碰到的还少吗？”他意味深长地看了我一眼。接着，我们一起疯狂地哈哈大笑起来。

商琰上了大学之后，人生又恢复了顺畅，保研，出国，就业。有朋友问起，商琰现在在哪儿工作？我总是以颇浮夸的语气说道：“他现在造核武器了，在绵阳九院呢。”不过商琰却嫌工作太闲了，还说：“我在想，是先考个注册会计师资格证呢，还是先考个律师资格证。”

我们听了都很嫌弃，“你个老学霸！”不过，他那时候说的话显然是认真的。他确实没再造核武器了，现在正在国内一家顶级证券公司做战略咨询。

尘埃落定前，你我皆是黑马

文／云 乐

历来学长学姐总结了初三最重要的四个节点：体育考试，英语口语、听力考试，两场模拟考，中考。

顺利通过体育考试的我在第二个节点里痛不欲生。口语极烂的结果是无地自容。知耻后勇，我每天早上睁眼就放英语听力，洗漱吃饭后跟读，晚上睡前还要读半小时。但我的听力口语考试仍没有满分。当时站在回校的大巴上，心里沉甸甸的，脑子里一团糨糊，觉得好累好委屈。

那天放学前花叔（班主任）做了个小演讲，大意是不要灰心，尘埃落定前，你我皆是黑马。我当时想：这鸡汤真难喝，再不快点放学我真的就要哭出声了！花叔宣布放学后我逃出门，到了走廊却被花叔拦住，他什么都没说，只是轻轻地拍了拍我的肩，我的眼泪就再也忍不住了。

眨眼到一模，我考了班级第五，花叔把我夸了又夸，我却无比惶恐。当时幼稚，固执地认为一个人的幸运值是恒定的，一模时幸运，中考就要倒霉。我在二模时恶狠狠地打了花叔的脸，急速坠落到第十二名。根据我的神奇的幸运值理论，我并不灰心丧气，反而欢天喜地。

我们市的中考安排是：第一天上午语文，下午理化，第二天上午政史，下午英语，第三天上午数学。我曾经就这个制度大发感慨："幸好最后一天考数学，要不然我这种数学渣渣第一天就被数学虐死的话肯定影响之后发挥啊！"而我同桌来了一句："靠语文拉分的你就不担心如果语文考得不好更影响发挥吗？"

不幸地，被她言中。

第一场考试，我一落座就大飙手速在草稿纸上狂写考前抢记的内容。结果一个都没考到，这不是最糟心的，最糟心的是我一拿到考卷就看作文题目，解读出两种意思。我在这两种解读之间来回纠结，抱着听天由命的态度随便选了一个。

说来好笑，考完语文后我紧张地去询问花叔作文题到底怎么解读，花叔回答我：两种解读都是对的，不用太担心，这道作文题很开放，再多解读也不要紧。而刚刚松了一口气的我从同学们的热烈讨论中悲摧地发现，我的第二道选择题居然错了，更愚蠢的是这道题的题目我都没看全。

最令我忐忑的数学考得果然刺激，做的过程磕磕绊绊，最后一题我做了第一小题就放弃了，转而去攻前面的填空题。事实证明我的决策果然英明。

最后一场铃响，我走出考场，穿过热闹的人群回到教室，把喧嚣和狂欢抛到身后，迎面而来的是黑板上放荡不羁的行体："要有最朴素的生活与最遥远的梦想，即使明天天寒地冻，路远马亡，与世间任何一段青春无异。年华里，那些朝生暮死的悲喜也这样野花般自开自灭，燃烧在茫茫命途上，装点了路人的梦。"

而在最上方的，工整的楷书写的是："我们毕业了！"狂气肆意，充满青年人的朝气蓬勃。

我的初中生涯，就此落幕。

顶级贵族中学的成功秘诀

文／董红艳

伊顿公学建校已有将近六百年的历史，以“精英摇篮”“绅士文化”闻名。伊顿是一所全寄宿制学校，实行军事化管理。学校里清一色的男孩子。在学校里，穿着、举止都有统一的规定：学生要穿着校服，校服有类似绅士风服装的黑色燕尾服、黑色的马甲、长裤和皮鞋。有一些带披风的，那是国王奖学金获得者的标志。穿不同颜色马甲的，是伊顿五年级的“明日之星”。校长、教务长、舍监和各学科负责人，也有不同的黑色学袍，正式场合穿起来犹如宫廷朝服，等级分明。

这里，学校分班不是固定不变的，而是按科来分班，根据学生每个科目的成绩好坏，一般分（1）班到（14）班。这里的学生一般不会骄傲，因为你成绩好的科目分在（1）班，另一个稍差点的科目可能就分在排名靠后的班。每天下课学生往返不同的教室，走来走去，据说每天一个学生平均要走二十里路。在不知不觉中，学生的体质也慢慢增强了。

伊顿的课余生活非常丰富，学生可以把课余时间都用在自己感兴趣的事情上。伊顿有一流的设施，比如有自己的电影院、天文台、步枪打靶场和几十个音乐练习室。学校里的各种活动，全由学生自己组织，分配不同的角色。学生在伊顿一年年长大，会有机会在社团或俱乐部中承担领导组织的角色。他们会在社团中找到自己的位置，领导或者是被领导，总之都是最适合自己的。

伊顿非常重视体育活动，学生们一天中有一半时间从事体育运动。一项非常具有特色的运动叫作“墙战”，对抗强度大，甚至可以称为“粗鲁的游戏”。比赛就在一堵110米长砖墙边的狭长球场上展开，双方沿着墙争夺球的控制权，墙两侧各有15名学生，在泥泞中厮杀90分钟，有点像橄榄球。过去100年间，还没有学生破门得分呢。刚入学不久的新生，很容易找到自己喜欢的活动。每天晚上回去都累得筋疲力尽，来不及想家。早上一醒来，就又会被学习和各种活动填得满满的。这些集体活动，锻炼了学生勇敢的品格，培养了他们团结协作的集体意识。他们借此学会了如何与人交往，为将来走上社会打下了坚实的基础，而不是只会学习的机器。

伊顿公学的成功不仅仅在于学生学科成绩的优秀，这方面很多学校可以做到，其成功的秘密更是在于培养了学生优秀的气质和良好的习惯。这些良好的习惯和特质，是他们在以后的人生道路上畅行无阻的必要保证。

如何将记忆力提高千倍

文/吴建永

很多人抱怨自己记性差，羡慕周围过目不忘的朋友。那么，能不能利用技术，把记忆能力提高千倍呢？答案是肯定的。虽然大脑中大多数神经细胞是不能再生的，但记忆是存储在神经细胞之间的连接点上的，一个神经细胞与其他神经细胞间有几千个连接点。一个细胞死亡不会丢失一个记忆，而只会由于相关节点的丢失使记忆减弱、模糊。而脑力锻炼可以不断活跃与记忆有关的神经网络，强化原有的连接点并创造新的连接点，刷新由于细胞死亡造成的记忆损失。衰退是循序渐进的，而锻炼也是循序渐进的补偿过程。

有个著名的实验，让一群年轻的哈佛学生在一天里变为记忆很差的老人。首先，让这些学生在睡眠实验室里，边睡边实时监测他们的脑电信号。当三期慢波睡眠的脑电波出现时，实验人员就摇晃床，把三期睡眠破坏成浅睡。如此一夜几次晃床，虽然总睡眠时间没变，第二天测试时，结果却十分惊人——年轻聪明的哈佛学生竟然变成了“老年大学”的学生，他们的逻辑能力和显性记忆都大大下降。而被试学生自己却一点没有睡眠不佳的感觉。这个实验说明了睡眠对记忆的重要性。良好的睡眠对记忆力的重要性超过一切体育和脑力锻炼。因此，任何年龄的人都要尽一切努力保证充足的睡眠。

记忆的过程是神经科学的热门研究领域，目前虽然还有很多基本问题没搞清楚，但很多证据表明，人的记忆不是像在硬盘上存照片一样，写一次就永久存留。与之相反，长期记忆的形成必须靠睡眠中的回放。而长期记忆形成后需要在生活中不断地回想，然后根据回想再记入。利用这个生理特性，技术就有了切入点：影像声音和文字可以帮助场景回放，也就不断刷新了储存于神经细胞间连接点的记忆，这和人在回忆时主动刷新记忆的过程是一样的。

智能手机让人们拍摄了越来越多的照片。翻翻过去的照片，可让人回想起很多过去经历的细节，其中大部分细节是如果不看照片就永远不可能再回想起来的。现在每人每周也许有几十张照片。在不久的将来，米粒大小的无线照相机可以在眼镜、帽子或衣领上自动地定时捕捉个人和周围环境的影像，使个人拥有的照片数量增加到每秒钟几百张，将个人的全部视觉经历被完整地记录下来。同样，其他无线传感器可以把人的声音、动作、速度和地理位置等信息随时存储起来。每件衣服、每个物件上都有多个“一次性”相机和其他传感器，可以说，当你穿戴上这些设备，你的人生就被完整地记录了。

这些图像、声音和语言文字等信息可被轻易索引，由“个人记忆系统”分析整理，并按需进行场景回放。其结果是使人“过目不忘”，记住每个见过一面的人，经历过的每个地方、每件事，交谈过的每一句话。每当你遇见只见过一面的人，记不清楚时，智能手机会告诉你上次在哪里见过，谈过什么，甚至这人的姓名、职务等，让你永远消除似曾相识的尴尬。

考试不及格的积极意义

文/[美]卡罗尔·德韦克

在芝加哥有一所高中，那儿的学生毕业前要通过一系列课程，如果某一门课没有通过，成绩就是“暂未通过”。我想，这真是个绝妙的做法，因为，如果你某门课的成绩不及格，你会想，我什么都不是，我什么都没有学到。但如果你的成绩是“暂未通过”，你会明白，学习的步伐并没有停下，你还需逐步向前，争取未来。

“暂未通过”也让我联想起一件尤为重要的发生在我职业生涯初期的事情，这件事对我而言是一个转折点。当时，我想探究孩子是如何应对挑战和困难的，因此，我让一些10岁大的孩子尝试解决一些对于他们而言稍稍偏难的问题。一些孩子积极应对的方式让我感到震惊。他们会这样说，“我喜欢挑战”，或说“你知道的，我希望能有所获”。这些孩子明白，他们的能力是可以提升的。他们有我所说的成长型思维模式。但另一些孩子觉得面对这些难题是不幸的，宛如面对一场灾难。从他们的固定型思维角度来看，他们的才智受到了评判，而他们失败了。他们不懂得享受学习的过程，而只盯住眼前的成与败。

这些孩子后面表现如何？在一项研究中，他们告诉我，如果他们某次考试未通过，他们很可能会在下次考试中作弊，而不是更加努力地学习。在另一项研究中，他们挂了一门后，他们会找到那些考得还不如他们高的孩子，以寻求自我安慰。后续的研究陆续表明，他们会逃避困难。

科学家们监测了学生们面对错误时的脑电活动图像。固定型思维模式的学生，几乎没有什么活动。他们在错误面前选择了逃避。他们没有积极地投入。但对于成长型思维模式的学生，他们相信能力会通过锻炼得以提升。他们积极地应对错误。他们的大脑在高速运转，他们剖析错误，从中学习，最终订正。如今我们是如何教育孩子的呢？他们最远大的目标就是再拿一个A。我们该怎么做呢？如何让孩子注重过程而不是结果呢？

我们可以做这样几件事。首先，我们可以有技巧地去表扬：不去表扬天分或才智，这行不通。而是要对孩子积极投入的过程进行表扬：他们的努力与策略，他们的专注、坚持与进步。对过程的表扬会塑造孩子的韧性。我们发现，注重过程的思维模式，会赋予孩子们更多自信，指引他们不断向前，越发坚持不懈。

在一项研究中，我们告诉学生们，每当他们迫使自己走出舒适区，学习新知识，迎接新挑战，大脑中的神经元会形成新的更强的连接，他们会逐渐变得越来越聪明。看看后面发生了什么吧：在这项研究中，没有接受成长型思维模式训练的学生，在这一困难的过渡阶段，成绩持续下滑，但那些受过该训练的学生，成绩强势反弹，卓有起色。

最近，我收到一个13岁男孩的来信。他说：“亲爱的德韦克教授，我欣赏你的著作，因为它们都基于可靠的科学试验，因此，我决定将你的方法付诸实践。我更用功地学习，更用心地处好与家人的关系、与同学的关系，而在这些方面我都有了长足的进步。现在我才意识到，过去浪费了太多生命。”让我们不再浪费生命，因为，既然我们知道能力可以提高，那么，生活在一个能激发进步并让这一切变得可能的地方就是每个孩子的权利。

诺奖得主：在群体中学习效率高

文/张　茜

想成为一名科学家吗？

两位诺贝尔奖获得者给中国同学分享了一个高效的学习方法——“在群体中学习”。前不久，在世界顶尖科学家论坛（上海滴水湖）间隙，诺贝尔奖获得者塞尔日·阿罗什和丹·谢赫特曼在谈到学习方法时，不约而同地提到了这一方法的重要性。

丹·谢赫特曼是2011年诺贝尔化学奖得主。他发现了准晶体，改变了人们对固体物质结构的认识。

他对教育问题很关注，谈道：“对于想在科学研究方面有所建树的年轻男女来说，必须做两件事。”第一件事是在科学领域广泛地汲取知识，比如物理、化学、生物、数学、计算机等；在此基础上，第二件事是选择其中一个分支成为研究它的顶尖专家，成为这一领域的第一名。

而获得知识最有效的方法之一，丹·谢赫特曼认为，是在群体中学习。他说：“有人觉得可以自己从互联网上学习，其实这是非常困难的，你必须身处于一个群体之中。”

他认为，一个年轻的学习者需要保持对所在学习群体的忠诚度，可以选择某个网络社群，或者也可以去学校。“在群体之中才能够交流和相互帮助，当你帮助别人的时候，你会收获很多。”

“这不仅是我的经验，世界上不少调查都表明了这一点。”丹·谢赫特曼说，“比如有不少人都在学习mooc（慕课）。其实独自上课的绝大多数人都没有办法完成课程，但如果他们是在一个群组里共同上课，绝大多数人就能坚持下来了。”

2012年诺贝尔物理学奖获得者塞尔日·阿罗什也认同在群体中学习效率更高的说法。他首次测量和操纵了单个量子系统，为超级量子计算机的发明奠定了基础。

根据自己早年的学习经历，塞尔日·阿罗什说：“特别是在做物理实验的时候，让自己处于一个团队之中是非常重要的。”他认为，在团队中开展实验可以从不同学科背景的人身上获得知识和灵感，这对于进行科学研究颇有助益。

当然，在使用有效的学习方法之前首先要找到学习的方向，如何选定一个领域去深耕？

“什么能让你觉得兴奋？对于我来说，我发现是物理。”塞尔日·阿罗什说，“然后你需要做许多功课，并且相信自己能够做好。这是学好一个新领域知识的基础。”

但即使找到了正确的方向和方法，学习仍然是一个漫长的过程，时间并不会偏向任何人。因此，白发苍苍的丹·谢赫特曼想对拥有大把时间的孩子们说：“人的生命中有很多时间，你可以用它来玩乐、喝酒，或者抽烟，也可以用它成长为一名科学家。我建议你用它成为一名科学家。”

跟不喜欢的人打交道的8种方法

文/李 翔

如何与不喜欢的人相处呢？斯坦福大学管理学教授罗伯特·萨坦，分享了8种同他们打交道的方法。

第一，接受并承认自己不会喜欢所有人的事实。你随时会遇到一些人，反对你的观点。聪明的人会明白一个事实，你不喜欢的人也许本质上并不坏，你们无法相处是因为你们有不同的价值观，价值观的差异造成了你们之间的鸿沟。承认差异的存在会让你和周围人相处得更好。

第二，不忽略、不回避，默默容忍不喜欢的人。萨坦教授说："你需要有一些与你观点不同的人和敢于与你争论的人在身边，他们会阻止整个团队做一些愚蠢的决定。而且，从行为学角度看，过分喜欢下属和不喜欢下属相比，前者更容易产生问题。"从领导者的角度来看，挑战你的人会促使你找到新的切入点，帮助激励整个团队获得成功。而且，记住，你也不是一个完美的人，或许别人也在容忍你。

第三，恭敬礼貌地对待不喜欢的人。不管你对别人怀着怎样的情感，都应该调节自己的情绪，恭敬礼貌地与他们相处。保持公平公正、沉着冷静是基本的相处之道。管理心理学家本·达特耐曾建议："培养一张善于外交的扑克脸很重要。在与人相处的不经意间，你都要表现得专业积极。"这样你就必须学会不畏权贵，不卑不亢。

第四，别将自己的期望强加给别人。新泽西蒙茅斯大学的哲学博士艾伦说："每个人都有与生俱来的个性特征，这会直接决定他们的行为方式。期望别人按你的意愿做事会让你自己陷入失望与挫败的境地。"萨坦教授建议，如果一个人给你的感觉每次都一样，那么请重新正确审视你的期望值。

第五，成熟内敛，注重自我修养。也许不论你尽多大努力，有些人还是会让你生气。所以，学会处理自己的失落感很重要。不要总想着怎么还击对方，你应该集中注意力思考自己为什么会有这样的反应。找准影响自己情绪的触发点，学习预料自己的反应，变温和，甚至改变自己的态度。

第六，停下来，深呼吸。冲突顾问凯瑟琳·巴特建议："当有人的行为或语言让你生气，甚至触碰了你的底线时，冲突并非最好的解决方式。你可以停下手中的工作，控制肾上腺素，恢复大脑理智，这样能更好地进行谈话，跳过那些不开心和偏见。"在她看来，一个深呼吸和一个忍让的退步，能帮助你冷静下来，防止你过度反应。

第七，表明自己的需求和立场。如果有人总是惹你生气，那么请平静地告诉他们，他们的行为习惯或说话方式，对你产生了很大困扰。但避免使用指责性的语言，尽量用一些正式语言。比如："当你在会议上打断我时，我觉得你不是很尊重我的付出。"也许你会发现，那些没有听你发言的人并不知道你的发言还没结束，或者会有同事对你的建议感兴趣，并积极参与到你的对话当中。

第八，保持距离。如果以上这些都没法做到，那么聪明的人会选择与他们不喜欢的人保持距离。如果在工作中遇到不喜欢的人，那么就搬到别的办公室，或者在开会时相互坐得远一点。保持点距离，并换位思考，你就有可能和喜欢的人以及不喜欢的人重新相处交流，没有任何苦恼。

在唐代，没有什么是一首诗解决不了的

文/叶楚桥

1

长庆年间，李涉在安庆渡江，路遇劫匪。劫匪大喝一声：“来者何人，要钱还是要命？”李涉两股战战，几欲逃走，无奈江水滔滔，无处下脚，索性两眼一闭，听天由命。

仆人在旁应声：“此乃太学李涉博士。” 剧情立刻出现反转。劫匪收起刀棍，毕恭毕敬：“早闻李大人之名，请赐诗一首，草民感激不尽！”

天啊，李涉掩住心中狂喜，连忙拿出纸笔，写下一篇七绝：“暮雨潇潇江上村，绿林豪客夜知闻。他时不用逃名姓，世上如今半是君。”

劫匪一看，相当高兴，不仅饶了李涉性命，还送上黄金白银，嘱咐诗人一路小心。就这样，一部惊险刺激的武打功夫片，硬是变成了一场锣鼓喧天的见面会，连李涉自己，都有一种进错片场的感觉。

2

李端参加升平公主的家宴，看上了歌女镜儿。公主当场表示，李端若能以“筝”为题，七步成诗，便成全他与镜儿。

有一分希望，自要付出万分努力。李端犹如曹植附体，未满三步，就吟出如下诗句：“鸣筝金粟柱，素手玉房前。欲得周郎顾，时时误拂弦。”

现场掌声雷动，经久不息。同座的钱起，却发声质疑：“这不科学，一定是旧稿，有本事再续一篇同韵……”话音未落，李端那边又是一首新作：“杨柳入楼吹玉笛，芙蓉出水妒花钿。今朝都尉如相顾，愿脱长裾逐少年。”

掌声再次响起，升平公主更是兴奋无比，立刻兑现承诺，将镜儿许配给了李端，并送上一笔巨款作为陪嫁，成就一段佳话。

3

那么问题来了，今天的我们读唐诗，还能读到什么？

读友情，李、杜“醉眠秋共被，携手日同行”，王、裴“日日泉水头，常忆同携手”，元、白“春草绿茸云色白，想君骑马好仪容”……

读爱情，李商隐“何当共剪西窗烛，却话巴山夜雨时”，崔护“人面不知何处去，桃花依旧笑春风”，元稹“曾经沧海难为水，除却巫山不是云”……

读风景，早春“天街小雨润如酥，草色遥看近却无”，仲夏“水晶帘动微风起，满架蔷薇一院香”， 深秋“不堪红叶青苔地，又是凉风暮雨天”……

这些答案当然没错，只是段位较低，语文老师又开始担心你的学习了。

不信，你看——唐诗里有各路吃货：贺知章醉卧井底，张籍生吃杜甫诗集，韩愈死于硫黄，孟浩然命丧海鲜。

有各类才艺：炒作大王陈子昂，作弊天才温庭筠，坊间神医刘禹锡。

以及各式花样作死：宋之问向武则天示爱，被嫌弃口臭；贾岛当面嘲讽皇帝脑满肠肥、不学无术，被贬为长江主簿；温庭筠更是直言天子长得像个七品小吏……

在唐朝，诗歌属于全民文化，上至九五之尊、达官贵人，下至寒门秀才、落魄书生，都勤于读书、乐于吟诗、善于写诗。落魄时“明朝散发弄扁舟”，孤独时“花间一壶酒”，畅快时“会须一饮三百杯”……

在唐朝，没有什么事情，是一首诗解决不了的。如果有，那就两首。

冷幽默的风骨

文/佚 名

奥斯汀与张爱玲有一点风格很像，她们不调侃庸俗的老阿姨，而是喜欢顺着老阿姨们的逻辑说，将她们的可笑处平平道来，于是越发显其荒诞。比如《傲慢与偏见》里，奥斯汀有所谓：“她一生大事就是嫁女儿，生平安慰就是八卦。”张爱玲的《鸿鸾禧》里则说：“娄太太没听清笑话，因此笑得最响。”都是精通世情，轻刺一句，见其可笑，并不特意抖响包袱。

这大概是冷幽默的好处：并不见大笑料，却遍地令人浅笑的小包袱。

类似的笑料，吴敬梓也用过。《儒林外史》中有一段：当时范进还在守孝，却照旧去县衙里面“打秋风”蹭吃喝。先是不举杯箸，知县就叫换了一个瓷杯、一双象箸，后来又换了一双白颜色竹子的来，方才罢了。当时知县紧张了，想范进居丧如此尽礼，倘若不肯吃荤喝酒，难道还临时给他来一桌素菜？等看见范进在燕窝碗里拣了一个大虾元子送在嘴里，知县方才放心——这一下子就把知县的小心思一勾，两个人的可笑处都被翻出来了。

博尔赫斯也有趣，只是他的幽默比较冷冽，不动声色。比如这段：“1517年，巴托洛梅•德拉斯•卡萨斯神父十分怜悯那些在安的列斯群岛金矿里过着非人生活、劳累至死的印第安人。他向西班牙国王建议，运黑人去顶替，让黑人在安的列斯群岛金矿里过非人的生活，劳累至死。”

前一句，看似真是个好人。后面一句，将“过非人生活，劳累至死”略一重复，黑色幽默便出来了。

金庸最幽默的一段，是这样的：“当下抖擞精神，在一方王羲之当年所用的蟠龙紫石古砚中加上清水，取过一锭褚遂良用剩的唐朝松烟香墨……铺开一张宋徽宗敕制的金花玉版笺，点起一炉卫夫人写字时所焚的龙脑温麝香，恭候伯爵大人挥毫。

“这架子摆将出来，有分教：钟王欧褚颜柳赵，皆惭不及韦小宝。”

这里的妙处是，您只要略通书法史，自然知道让韦小宝这个大草包拿这么多名家手笔来附庸风雅，是何其可笑。但另一点妙处则是，《红楼梦》里，贾宝玉去秦可卿房间里时，但见：“案上设着武则天当日镜室中设的宝镜，一边摆着飞燕立着舞过的金盘，盘内盛着安禄山掷过伤了太真乳的木瓜。上面设着寿阳公主于含章殿下卧的榻，悬的是同昌公主制的联珠帐。”

只要是读过这两段的读者，自然觉得金庸简直调皮。若曹雪芹于地下读到，大概也要看得摇头苦笑了。

但有人会说了：这样的笑料，难免被错过——并不是每个人都懂啊。

这大概就是它们的妙处了——这点笑料隐在故事里，并不特意翻出来，以待识者识之，这算是它们的一点风流。而且，对作家而言，这些多半只是信手而为，并非蓄意用力。所以读聪明人写的东西，哪怕并不刻意讲笑话，也能看得笑容满面——因为聪明人太容易看到世上微妙的反差与荒诞，随手一举，便是一个了。

所以纳博科夫说了，好的书，需要更好的读者才能品出其趣味——作为一个有些刻薄，又经常被误解的冷幽默天才，他这话可真是肺腑之言。

抄句子

我们最大的悲哀，是迷茫地走在路上，看不到前面的希望。我们最坏的习惯，是苟安于当下的生活，不知道明天的方向。

——麦家

孤独和爱是互为根源的，孤独无非是爱寻求接受而不可得，而爱也无非是对他人孤独的发现和抚慰。

——周国平《爱与孤独》

小时候真傻，居然盼着长大。

——丰子恺

贾府姑娘那么美，却都说自己不读书

文/百合

《红楼梦》里美人多，她们绝大部分还都是学霸。有意思的是，她们都不承认自己爱读书、会读书。

宝钗对外号称“不以书字为事，只留心针黹家计等事，好为母亲分忧解劳”，事实上，她的知识内存大得可怕，对孔孟老庄、诗词歌赋、戏文佛经乃至药理书画无一不通。宝玉佩服得五体投地，赞她“无书不知”。

李纨是原国子监祭酒之女，她说自己不会写诗，却敢做诗社的掌坛，评诗评得头头是道；姐妹们联诗联得刹不住，她及时吟出一句才收了口；元春省亲要求写诗，她也凑得出“绿裁歌扇迷芳草，红衬湘裙舞落梅”的绮丽句子。

元春自谦“素乏捷才”，但是她进宫前先给两三岁的宝玉肚子里灌了两三千字，封妃前是宫里管文书的女官，回来省亲只有几个小时却办了个诗词创作大赛，现场做起评委，还顺便把宝玉题的匾额做了修改，将俗不可耐的“红香绿玉”改成了赏心悦目的“怡红快绿”，有了质的飞跃。

当然，她也没忘谦虚一下，说作诗这事“终是薛林二妹之作与众不同，非愚姊妹可同列者”。

她们虽在写诗上比不过宝黛，但个个身怀绝技，且读的书也不少：

探春擅书法，她给宝玉下帖子，措辞不俗，“若蒙棹雪而来，娣则扫花以待”，一派读书人的清贵风雅。

惜春擅绘画，她和尤氏吵起架来就以读书人自居，说“你们不读书不识几个字，所以都是呆子”。

迎春是围棋高手，她遇到糟心事解决不了，就拿一本古书出来聊做避风塘，这是书呆子才会干的事。

这些人个个深藏不露，就喜欢谦虚。

这没问题，谦虚谦虚，“谦”里本来就有“虚”。最“虚”的是黛玉。她初次亮相，谈起读书的问题，就前后自相矛盾。

初见外婆，贾母饭后问她都念了什么书。黛玉说：“只刚念了四书。”黛玉回答完了贾母的问题，马上打听姊妹们都在读什么书——这是好学生一贯的思维，比较一下学习进度，知己知彼才好。

本来贾母觉得自家的姑娘们读书已经很多了，在来投奔的小外孙女面前还挺有优越感的，一听人家读书读得这么系统，便知道自家姑娘落了下风。贾母好面子，随即含糊带过：“读的是什么书，不过是认得两个字，不是睁眼的瞎子罢了！”

每读到这里，都要扑哧一笑：老人精和小人精一见面，在读书的问题上先过了几招。不怪凤姐说黛玉的气质不像贾母的外孙女，倒像贾母的亲孙女。这二位聪明灵透一脉相承，耍起滑头来也旗鼓相当。

会读书从来都是核心竞争力，不管过去、现在还是未来。所以，在读书这件事上，因为“女子无才便有德”的时代局限性，《红楼梦》里的姑娘们没办法大大方方地说“我爱读书”，但她们谁也没少读，就连凤姐到最后都能看懂账本和书信了。

她们那么美，那么有才华，却都说自己不读书，谦虚得让人会心一笑。对比今天那些自以为是的“鲜肉”们，不啻云泥之别。

霜是轻轻的暖

文/米丽宏

晓晴寒未起，青霜染黄叶。

下霜的日子，怎么会暖呢？冷。干冷。日出之前，地面、屋舍、树叶、一根谷草、一垛枯柴，都覆上了一层寒冷的雪意：有的长出点白毛毛，有的镶上了蕾丝花边。美是美的。

霜降，像一声棒喝，轻轻的，浅浅的，但足以阻住万物蓬勃伸张的狂热。它像一种铁打的规矩，不可通融，不可改变。古书说，霜降有三候：豺狼开始捕猎过冬食物，大地草木叶黄飘落，虫子全在洞中冬眠了。

但也有一些例外。那些物事，越是经霜，便越是凸显出与众不同的绝美风姿。

松柏之质，经霜弥茂，这是骨气；枫叶之色，经霜愈红，这是绚烂；法桐，扑簌下落，半是浅青，半是赭黄，叫人忍不住生出几分轻愁；墙上爬山虎，老红叶子掩不住一身虎骨，红艳艳的烟火日子，经霜更红火。

还有白菜，白居易写白菜经霜：浓霜打白菜，霜威空自严。不见菜心死，反教菜心甜。霜前的白菜，菜帮生硬，味道青涩，吃起来口感呆板，毛扎扎，柴燥燥，愣头青二百五一般。但是，来一场霜吧，一场霜后，青涩、愣怔之气被杀去，味道眼见得醇厚、丰满起来，入口脆灵灵的。还有霜后的萝卜、红薯之类，在霜降后，看似眠去了，其实，内涵却在不断优化。它们体内的淀粉在淀粉酶的催化作用下，水解变成麦芽糖。麦芽糖，再经麦芽糖酶的作用，变成葡萄糖。葡萄糖是甜的，且易溶于水，所以，白菜、萝卜、红薯越放越甜。

自然界的风霜，是一种物候现象；人生中的风霜，则往往意味着逆境、危机、艰难险阻，乃至无奈、低落，悲哀、痛苦。然而，面对风霜，去提升自我，优化自我，它就成了一种契机。风霜熬过，便迎来收获。

因此，风霜，是一种环境，一种历练，亦是一种条件，一种要素。经风历霜，去品味，去感悟，去坚持。最终会迎来更豁达绚烂的风景、更美好的人格心性。

北宋时期苏东坡，原为翰林大学士，因政治原因，屡屡遭贬。困境中，朋友都避得远远的，只有马梦得帮他申请了一块荒芜的旧营地耕种，供给衣食。苏轼自此才号为东坡。苏东坡在那块土地上种田、写诗，恍然开悟：我何必一定要在政治的旋涡里浮沉？

政治的风霜，让他冷静，也让他蕴蓄的才华井喷般迸发。那个阶段，他写出了一生中最好的诗。也是在那个阶段，他开始欣赏接纳不同的东西。一次在黄州夜市喝酒，苏东坡碰到一个全身刺青的壮汉，被那人三拳两脚打倒在地。那人指着他说：“什么东西，你敢碰我！你不知我的大名吗？”倒在地上的苏东坡忽然大笑，回家写信给马梦得说：“自喜渐不为人知。”这是了不起的生命历程。他曾因盛名天下而得意忘形；经历了人生的风霜之后，他的生命有了一种力量，一种包容。

你看，所谓经霜，不一定是摧残你，或者，它就是为了成就你。霜，凉凉的，但这种对生命的提醒与历练，是一种长久的暖。经霜之后，你会懂得生命中最深的味道。那种味道，跟生命的品质、风骨、节操，都连在一起，成为你不可或缺的一部分。

作为江南人的金庸，最懂江南的饮食

文/魏水华

香港四大才子各有擅长，一般认为，最懂吃的是蔡澜。这位生在新加坡的广东人，或许很懂得烧鹅、肠粉、靓汤、虾饺之道。但论及江南美食，恐怕远不及金庸精通。

01

第一个江南美食的诠释者是韦小宝，这个出生在扬州妓院的小厮，无疑是粗鄙的劳苦大众的代表人物。而他的心头好——湖州粽子，则很能代表江南人不论年龄、不论社会阶层所共同嗜好的东西。

《鹿鼎记》里，丽春院中来了客人，常常差韦小宝去买粽子。粽子整只用粽箬裹住，韦小宝要偷吃原亦甚难，但他总在粽角之中挤些米粒出来，尝上一尝。

后来，终于能吃到整只粽子了，韦小宝两口吃了半只，说道：“双儿，这倒像是湖州粽子一般，滋味真好。”

其实粽子未必是湖州，杭嘉湖地区，盛产良米，用酱油调味，包入五花猪肉或者猪油豆沙，细火慢煨，自然飘出“肉香和糖香”，便成绝品。哪怕富贵达人，只要粽子在手，也会吃得满嘴流油，毫无形象可言。

02

桃花岛小地主家的女儿黄蓉，算是标准的江南小家碧玉。从小不能说是尝遍人间美味吧，但糊弄叫花子洪七公和傻小子郭靖还是绰绰有余的。

“玉笛谁家听落梅”乃是肉菜，一块小羊坐臀、一只小猪耳朵、一个小牛腰子、一条獐腿肉加兔肉，拼作一盘，难免有油腻过头的嫌疑。但因为江南式精巧的刀工“肉条形如笛子”，和繁复的口味组合“有二十五变，合五五梅花之数”而深得老叫花之心。

好逑汤其实是荷叶笋尖樱桃斑鸠汤，本来就细嫩的斑鸠肉，得荷叶之清、笋尖之鲜、樱桃之甜，虽然荷叶是苦的，配入清汤未必味美。但其取自《诗经》“关关雎鸠，在河之洲，窈窕淑女，君子好逑”的意思，倒是很有江南菜附庸风雅的味道。

03

金庸的老乡陈家洛，是工部尚书陈世倌之子，标准的大户人家公子哥。相比黄蓉，他倒是更识货的。但这位公子哥心怀天下，整天惦记吃的，当然不成体统。

陈家洛离家十年，一直身处大漠穷荒之中，这般江南富有之家的滋味今天重尝，恍若隔世。他用银匙舀一口汤喝，晴画现已将他辫子翻开，抹上头油，用梳子梳理。“他把糖藕中的糯米球一颗颗用筷子顶出来，自己吃一颗，在晴画嘴里塞一颗。”

如果不是极为细腻的口味，是不会知道，糖藕中的糯米球才是最好吃的。吸收了藕的清甜，却没有藕的渣口，代之以糯米的绵密，是江南甜点中登峰造极的东西。

04

半个月前，我在苏州松鹤楼饭店吃了一顿，这家出现在《天龙八部》里的老字号酒楼，至今还用着金庸的题词。世事无常，没料到只过了这几天，题词就成了陈迹。

前厅经理曾经接待过金庸，他记得当时金庸携家眷来此吃饭的时候，就点了四个菜：松鼠鳜鱼、清熘虾仁、响油鳝糊、银鱼莼菜汤。

如果说韦小宝、黄蓉、陈家洛的食好，代表了他们各自的圈层与个性，那么同为江南人的金庸，或许也在这四道菜里，流露了他的平生。

一起读

河滩的草地，柔软而光洁
风领着阳光在上面舞蹈
散发出泥土的芬芳
仰躺在这毡毯似的草地上
听河水潺潺流淌，一个人
静静享受着午后温暖的阳光
风柔柔地吹过
多像爱人的手
轻轻地抚摸

——田斌《一个人的草地》

一捧花声

文/白音格力

听着古琴版《太极》，泉声鸟鸣间，仿佛你采花归，落座一旁，这自然之声中，在一个无言但芬芳的对视里，也就多了一捧花声。

有一种音乐如流水，潺潺流进人的心田。在这一份林籁泉韵里，有人捧一捧花香来，那花香也似流泉，是有声响的吧。所以，那么喜悦，在听着让人欢喜的音乐里，有一捧花声相伴。

我为这样的组词而欣然，也为那一刻，突然而来的大胆的联想而陶然。如此，抱一捧花声归来，仿佛一生钟爱的山水，皆以回响相赠于案上；仿佛一世珍重的日月，皆以古琴相抚于岁月。

奔波于工作之中，回家的路上，看蔷薇将绽，有紫藤始开，心下仿佛有手指拈韵，滴落出一行行诗句来。这春色，越来越深了，也愈来愈牵人心魂了。再忙也不盲从于劳役之缚，再累也不垒块于几寸胸中，愿只愿，春色并笔以焕彩，花光入画而流香。如此，在某个黄昏，身披霞光，才能抱一捧花声回家，月露风云般恬淡于心。

光阴是可以鸣琴的，只要手指上沾了花香，自会弹出一声一百声。

人在世间，就该活出这样一份恬淡与热闹。既存得了高鸟云心，守得了空潭鱼影，又能于一万万朵花下笑，抱得红红紫紫满怀声。

六七月花事，半是绸缪，半是蹉跎。开着的就开得热闹，落的就落得迅疾，容不得人挽留。每一天好像都能看到一树一枝落尽花香的无情。早春的，早已凋过，春深里的，也渐渐零落。

但看到爱花人仍欣喜地播种，仍欣喜地扦插嫁接——桂花、山茶、素馨、六月雪、木槿、含笑，一样一样，简直把日子养成了花海，让人不禁为那些落过的花，生万种风情。

我想那些花，并没有落，它们和盛夏的花朵一样，开时绕枝笑，落尽香远自来，在心里有清响，一声两声一百声，似流泉叮咚，又似一个人浅浅的笑。

今年春时盼雨，为的是去山里撒花籽。终于盼来，淋着春雨，走走撒撒，又担心山径听不到花籽吐芽的声音，便持木棍掘土为窝，让花籽落户。自然在家里花盆中也撒了，随后似乎总听到花籽私语，一粒粒挨挨挤挤，有说不尽的蜜语吧。一盆的花声，一山的花声，是多么美妙的事。

在一处树下捡了落花，不知是什么花，微香，感觉像一种思念的味道。我是被香先引了过去，但倏地有一朵落在不远处，本来是没有声响的，但心里泛起微澜，有清香之香，亦有清响之响，寂静里，听得见美好。

我在想，细水长流的爱，是有花声的，绵绵情深系于光阴之上，你听着，听着，就足以听老空山流水的声音，听老人间岁月的沉香。素常日子自有动人处，因为总有一个人，抱一捧花声归来。抱的是一束诗，念念说说，就把日子抱成了诗，抱成了花。

哪怕只是一句诗，哪怕只是一句话，因有了诗意又有深意，就没辜负这一场人生大好的花事。如此多愿意，在人生的乐章里，我携诗而行，你捧着花声来。

一只鸭子的神奇之旅

文/岑 嵘

在动漫世界里，有一只鸭子，长得和迪士尼著名的“唐老鸭”颇为相像，不过它的身世比唐老鸭更加离奇，它就是“霍华鸭”。

美国漫威公司曾创造出了蜘蛛侠、美国队长等形象，罗伊·托马斯是该公司的一名主管，有一天他发现手下的插画师梅尔里克在漫画《恐怖之旅》中加入了一只会说话的鸭子——霍华德（Howard）。他觉得这只可笑的鸭子把这本漫画书原本令人胆寒的气氛给毁了，于是他皱着眉头把梅尔里克叫到办公室说：“赶紧把它给弄走。”

当新的一期《恐怖之旅》面世后，这只鸭子很“不幸”地从悬崖上摔了下去不见了踪影。

故事本来到这里就结束了，可是霍华德的粉丝不干了，漫威公司的编辑部被淹没在读者来信的海洋中，他们对杀死霍华德大为不满。一个来自加拿大的霍华德铁粉甚至寄来了一只死鸭，附信写道：刽子手啊，你们怎么能把这只鸭子杀死？面对汹涌而来的舆论，漫威赶紧承诺，霍华德其实还活着。

在漫画故事《类人体》增量版的末尾，漫威让这只鸭子露了一个脸，没想到又收到读者排山倒海般的来信，这让漫威的管理层意识到，这不是一只简单的鸭子，而是一只会下金蛋的鸭子。

于是漫威安排了霍华德隆重出场。这次，霍华德将成为主角。1976年初，《霍华鸭》第一期上市了，这期的漫画由金牌漫画师弗兰克·布伦纳绘制，里面有大量机智幽默的笑话，这在漫画收藏界刮起了一股收藏风。漫画迷们纷纷冲向报摊，将这一期漫画抢购一空。

投机商人看到了这个不可错过的机会，在短短数周，漫画的价格炒到了原价的十倍，更多的人开始囤积居奇，漫画书变得有钱也没人肯卖给你。老板们把这些漫画书囤积在仓库里，就是不拿出来卖。

漫威开始大力包装这只鸭子，它很快有了女友，并开始约会，漫威还宣布霍华鸭将参加1976年的总统竞选，《霍华鸭》成为漫威继蜘蛛侠之后，又一部出现在主流媒体头条新闻中的漫威漫画。

《霍华鸭》的画师弗兰克不久就退出了这部漫画的创作，他独立开业，创造出了一只“刀疤鸭”。漫威公司很不高兴：“喂，这只刀疤鸭和霍华鸭也太相像了！”弗兰克理直气壮地说：“怎么了，霍华鸭不是还和唐老鸭很像吗？谁山寨谁还说不准呢。”

霍华鸭的好日子一直到1986年，环球电影公司投资了数千万美元让它登上银幕，结果电影惨败，批评声一浪高过一浪，霍华鸭的身价也一落千丈。这只传奇的鸭子终于走完了它最赚钱的黄金时代。

一起读

美国一项最新研究发现，与保持站姿或向前走路的参试者相比，倒着走路的参试者记忆力测试成绩明显更高。这一结果表明，倒着走路有益增强记忆力。

美国罗汉普顿大学研究员阿克森蒂耶维奇博士及其研究小组对114名志愿参试者展开了研究。研究人员要求参试者观看一段有关一名女性的手提包被盗的视频，之后让参试者根据记忆回答调查问卷。看完视频之后，参试者被随机分为两组，一组被要求向前或向后走动10米，另一组被要求站立不动。之后，研究人员要求参试者回答与视频内容有关的20个问题。结果发现，向后走动的参试者平均答对的问题比另外一组多两个。另一项类似实验中，参试者被要求记住一组词汇，之后参试者想象自己向前走、向后走或保持站立姿势。结果显示，想象倒着走路的参试者记忆单词数量最多。

——徐澄《倒着走可改善记忆力》

《龙猫》豆瓣9.1分

首推的必然就是神作《龙猫》了。这部最值得回味的动画电影，承载了多少人的童年回忆。当电影院里响起那熟悉的音乐，小编简直要控制不住流泪，不是因为难过，而是动画呈现的世界太美好了，美好到难以言喻。

有人评价说：“宫崎骏最感人的一部，初看平平无奇，回味一下痛彻肺腑。”的确，从表面的剧情看，很简单。搬到乡下的一家人，姐妹俩很快和周围打成一片。神奇地遇到躲在树林的龙猫们，最后还寻求了龙猫的帮助。

这样童真无邪的邂逅，这样充满想象的画面，这样自然唯美的场景，这样简单童话般的故事……触及了多少人内心的柔软。正所谓，越简单越难！每个人心里都住着一只龙猫啊！

《超能陆战队》豆瓣8.6分

试问，史上最萌、最暖、最贴心的胖子是谁？非大白莫属！小编我要求抱抱。

从心暖起，拥抱动画里的“萌宝”

文/《意林》图书部

这个电影的故事挺简单。热爱发明的天才少年小宏，因为为了救人命丧火场的哥哥、被大火毁于一旦的发明，身心饱受创伤。哥哥生前留下的治疗型机器人大白成为安慰他的唯一伙伴。原以为发明也毁于火灾，谁知有人在某座废弃工厂内大批量地生产。于是哥哥的朋友们穿上小宏发明的超级战士战斗装备，和怀有险恶阴谋的神秘对手展开较量……

然而对更多的人来说，最重要的是那年火爆街头巷尾的“人气偶像”大白啊！那个无时无刻不陪伴你、照顾你，每当你伤心就张开双臂，把你拥入超有安全感的怀里，还会卖萌、会搞笑，最后“I will always with you”（我会永远和你在一起）的表白，简直催泪。

《帕丁顿熊2》豆瓣8.1分

小编一度觉得这部披着喜剧外衣的动画电影，实际上是一部寓言故事。电影不停地提醒我们一路走来，丢失了多少善意、多少纯真。不过整体上，这还是一部温暖有爱的家庭童话。

露西婶婶的生日即将到来，帕丁顿决定送婶婶一份会让她终生难忘的礼物。最终，帕丁顿选中了一本立体绘本，然而这绘本是世间仅此一份的珍贵宝物，为了存钱购买绘本，帕丁顿决定开始工作，在遭遇了一连串的失败后，他终于找到了适合他的工作——清洁玻璃窗。

就在帕丁顿的存款即将达标之际，绘本竟然被一个神出鬼没的小偷给偷走了，同时出现在案发现场的帕丁顿被当作嫌疑犯捉拿归案，并最终被关进了监狱。在监狱里，帕丁顿凭借着自己的爱与勇气改变了监狱内死气沉沉的氛围，监狱外，布朗一家人亦从来没有放弃过替帕丁顿洗清冤屈的机会。

《功夫熊猫1》豆瓣8.0分

虽然龙猫是遇不到了，大白是制造不出来了，绅士熊也是没有的，但我们有熊猫啊！作为中国的国宝，人见人爱的熊猫大家都太熟悉了。

首部以熊猫和中国功夫作为主线的动画电影，一上映就受到了大众的喜爱。电影里的熊猫既有憨态可掬的一面，又有作为超级灵活的胖子的一面，二者的反差萌，为电影贡献了不少笑点。

《功夫熊猫》第一部中故事主要讲述好吃懒做的熊猫阿宝，误打误撞地被认定为传说中的武林高手“龙战士”，奉命去对付刚逃狱的魔头大豹。一代宗师施福大师因而要面对人生最大的挑战——如何在迫切的时间内，将拥有一身豪华臀、肚腩肉、不能看也不能打的大熊猫，训练成名震江湖的功夫大师？最终我们看到了，熊猫阿宝使出“无敌扑楼梯”“面条护身术”“肚腩凸击”等独门绝招打败了对手。

电影中，飞虎女、灵猴、毒蛇、仙鹤、大豹等动物，都有各自的个性和亮点，尤其是时不时爆出哲理金句的乌龟师傅，不出手则已，一出手便是十分的高手典范。

一起读

“排档”现指敞开式的简易大众就餐场所，在古代却是种腐败现象。

“排档”源于“排当”。元代刘一清撰《钱塘遗事》细述南宋旧事，称“宫中饮宴名排当”。根据发现的南宋宫廷菜单考证，皇宫里连肉都不是每天都有的。有时宫廷侍官就自掏腰包，请皇帝大臣吃饭，一下子竟形成风气。由于是轮流请客，排队当值，称为“排当”。刚开始时当然是自己掏腰包，到宋理宗时就开始拿到各级财政报销了。后来，“排当”被引入民间，逐渐成为简易的大众消费形式。

——佚名《“排档”原是种腐败现象》

她的声音（节选）

文/［英］王尔德

野蜂嗡嗡地从这一枝飞到那一枝，
毛茸茸的外套，举着薄纱的翅膀，
这会儿在杯状的百合花，那会儿
摇动橘红色的金钟花；
逍遥自在地游荡；
爱，请靠近些：我想可能就在此
我立下那誓言。

我起誓让两个生命合成一个，
只要海鸥依然眷恋大海，
只要向日葵依然围着太阳旋转，
在你与我之间，我说，
将永世不变！
亲爱的朋友，那种时光已一去不返，
爱的罗网已经编就。

仰起头来，你看，白杨树
摇摆于夏日的空气，
这山谷没有一丝微风，
不能播撒蒲公英的种子，
那里却有巨风吹动，
来自强大而神秘的海之絮语
和波浪似的草原。
……

哦，已经没有什么可做，
但还要再吻一次，然后分手，
不，我们没有什么需要悔恨，
我有我的美，——你有你艺术，
不，别着急动身，
一个世界又怎能容得下你我
这样的两个人。

冬趣

文/盘叶纯

小时候，我最向往冬天。

不只是因为冬天有很多好吃的，最主要的是农家们在年末除旧迎新，处处都是喜庆，吉祥和愉悦的气氛。沟里钓鱼，堆雪人，溜冰是司空见惯了，不再新鲜。女孩子们最感兴趣的，是和大人们一起洗洗涮涮，备年货，买新衣……冬天都是些快乐而温馨的时光。

立冬一过，就是做腊肉、晒薯片、熬薯糖、做腊肠的季节。单红薯就可做出好多花样来：清蒸，切片晒干，或去皮捣成泥，用小手帕做成一张张长方形，可以直接吃，亦可油炸，黄灿灿，脆当当。堆放在家里面的南瓜，可做南瓜片、南瓜花、南瓜肠。农家女孩在小小年纪，就领略了各种小吃工艺流程。

那时候，山村人家过年很少上街买年货。一个村就如同一大户人家，左邻右舍一起自己动手选料，备料，手工制作各种各样的小食品。从腊月起，村里就弥漫着浓浓的年味。

最有趣的是包粽子，做糍粑，做“莲花”。平时，大人们就约好哪天做粽子，哪天做糯米粑，哪天做“莲花”。到时选一户堂屋宽大的人家里去动手做，全家出动，像过去生产队那样，既分工又合作。有的女人专门负责烧火蒸糯米，她们把用水发过的糯米，用大蒸笼装好，放到装有水的大灶锅里蒸，男人们把蒸好的糯米，用对坎和大木槌锤成细细黏黏状，还有几个女人负责捏，经她们巧手上下翻飞后，一个个圆圆的，又白又美的糯米粑完成了，然后在糯米粑的正中央点上红章。

“盖章”是最后一道工序，一般由孩子们来完成。这是孩子们最愿意做的有趣的事。他们学着大人挽起袖子，伸出小手，也来显摆显摆自己的能耐，要不偏不倚地把花印在糯米粑的中央，对孩子们来说是一个挑战。

当然，孩子们也有分工，年龄大一点的孩子，负责把做好的糯米粑送到固定的地方晾着，小一点的就是印花了，每家的章上刻的图案都不一样，有五角星、梅花、三角形、圆点等，做到谁家的就盖上谁家的“章”，以便分辨出来。

我最喜欢的也是做“莲花”、吃“莲花”。在乡下，这种用糯米粉做出来的“莲花”每年过年是必不可少的。妈妈说“莲花（发）莲花（发），是连连发财的意思”。

“莲花”是纯手工食品，首先把糯米用石磨磨成粉，再放在盆里，放白糖和水和成面团，然后放到锅里蒸熟。把蒸熟的面团放到簸箕里，撒一些炒熟的干糯米粉在簸箕里使劲揉，待它很有黏性了，再用擀面棍擀成薄薄的椭圆形模样，然后用剪刀剪成细条条，做成各种各样的形状。农村的妇女们虽然读书很少，可心灵手巧，把“莲花”做出各种各样的窗花形状来。最后用油炸，经过噼里啪啦的油炸后，香香、脆脆、甜甜的“莲花”就可以吃了。

这所有的年货都在大年初一才拿出来，琳琅满目，色香味俱全的年货令你应接不暇，那流淌着的乡情色彩，让你流连忘返。就算是两个冤家，在初一这天也会和好如初；不管到哪家，你就像是远方来的贵客，都会给你送上糯米粑和“莲花”。因为糯米粑和“莲花”象征着团结、友好，年年（连连）发财。

冬天里时光叠起的年味，一直牵扯着常年四处奔波的游子的心，游子们不管有钱没钱都回家过年。五彩斑斓，色香味俱全的年味，将让每一位外出归来的游子的胃，享受着一次次爱的问候。

阅读是生命的化妆

文/孙琳琳

不读书死不了人。不读书，你照样可以刷微博、微信。你被帖子里闪闪发光的句子惊艳到，你被公众号文章的说辞打动，你转发、点赞、收藏，然而你收藏的只是小编们从经典书籍的瀚海中舀出来的点滴。那些让你惊艳的句子和说辞，在经典书籍里密集地排列着，还有成千上万躺在图书馆里、书店里，然而你不知道，你永远无法亲手打捞那些好东西。

诺贝尔文学奖得主大江健三郎不仅是一个作家，更是一个花半生时间来阅读的人。他人生阅读的起点，是9岁时母亲让他读的鲁迅作品。他说："第一次阅读鲁迅小说中有关希望的话语，在之后60年的时间内，一直存活于我的身体中。"而鲁迅一生阅读过4233种书籍，通过读书，他与希腊、英国、美国、德国、日本的文明神交。

你去旅行，在巴黎逛卢浮宫，在伦敦逛大英博物馆，在五大洲看名胜古迹。你的耳能听到的，只是导游的仓促介绍；你的眼能看到的，只是标签上的介绍文字，你对它们的前世今生都不了解；你的脑中如同白纸——如果之前你不曾了解与之相关的历史、文学、地理知识。在发完朋友圈之后，附着在那个地方的光环就会像打过的酱油一样，与你没有一丝关系。

瞧，你不读书依然游走自如、顾盼生姿，但那些厉害的见识、思辨的乐趣、神交的文明、精神愉悦的高潮体验，统统与你无关。

人类的诸多习性之中，最先突破"次元壁"的是阅读，它让人穿越时空和国界，随时随地感同身受。读书者像一个旅人，来到现实中根本无法抵达的折叠世界。

当一般旅行者热衷于去巴黎，如果你去的是巴尔扎克《人间喜剧》中"巴黎生活场景"的街道，吃到的是大仲马《烹饪大辞典》点评过的美食，光顾的是海明威《流动的盛宴》中推崇的莎士比亚书店，那么你所经历的，将是一个完全不一样的巴黎。阅读中的世界更加私密、更加迷人。

人生不同阶段有不同的读书趣味。年轻时读书如饕餮，尤其爱读小说，常常沉浸在故事中不能自拔；到了中年，你最想啃读的可能是哲学书，为的是参透人生的道理；而到了晚年，眼力不济的你也许只想读历史书，算是千帆过尽之后的回望和感悟。再精湛的医学美容术，也无法像读书一样，令你整个人脱胎换骨。

作家林清玄干脆直接将阅读描述成"生命的化妆"，并说："再深一层的化妆是改变气质，多读书、多欣赏艺术、多思考、对生活乐观、对生命有信心、心地善良、关怀别人、自爱而有尊严，这样的人就是不化妆也丑不到哪里去，脸上的化妆只是化妆最末的一件小事。"

普鲁斯特的《追忆似水年华》是你的风衣，托尼•朱特的《战后欧洲史》是你的高靴，罗琳的《哈利•波特》系列是你的帽子，罗兰•巴特的《恋人絮语》是你的人鱼线。经过这些杰作的精心装扮，你的知识储备、思考能力、逻辑条理以及待人接物的方式都变了，读书让你变成了更性感的人。

拥有430本书，热爱乔伊斯、惠特曼和塞缪尔的玛丽莲•梦露，也许是世上留下最多读书照片的女人。在最著名的几张里，她翻到了《尤利西斯》的后半部分，难以相信这位性感尤物竟然可以啃下如此难懂的著作。梦露也有别的美丽形象留在公众的记忆里，但她最美的瞬间，毫无疑问是捧读《尤利西斯》的样子。

“chuā”欻地一下就火了

文/吾　云

在抖音软件上，有许多网友发短视频质疑小学一年级语文课本中收录的音节chuā找不到对应汉字，直接喊话温儒敏总主编要求讨个说法。温主编也迅速回应说：chuā对应的字有“欻”，拟声词，形容动作迅捷，如“欻地一下就把那张纸撕了”。这一来一往，把默默无闻的“欻”烘托成了家喻户晓的“网红”。有人调侃说，“欻”这个字，从模样上看是“欠火”，谁知道却欻地一下火了起来呢。

语言文字的世界里，字、音、义因约定俗成而形成了共同进退的同盟。有些同盟源远流长，有些同盟却根基浅薄，“欻”就属于后者。“欻”字读作chuā，表示“拟声词，形容急促或有节奏的声音”，这三者缔结约定的历史，算起来不超过一个世纪。

历史上，“欻”字一直和另外一组音义结成紧密同盟。《说文解字》就收录了“欻”字，读音是“读若忽，许物切”，解释为“有所吹起”。初中语文里有一课是选自《聊斋志异》的《狼》（三则之一），其中另一则写道：“有屠人货肉归，日已暮。欻一狼来，瞰担上肉，似甚垂涎；步亦步，尾行数里。”这里的“欻”，则是“忽然、迅速”的意思，读xū。直到今天，字典里还收录着“欻”（xū）这个条目。

生活里，chuā这个读音和表示某种声音的含义联系在一起，也有许多例证。比如，日常口语中说“走起路来chuāchuā的”“chuā地一下飞过去了”。冀鲁方言里，“chuā-la”用来形容小动物在纸上爬行的声音，“chuā-ta”则形容棍子戳地或走路的声音。

那么，“欻”是什么时候读作chuā，且表示“有节奏或急促的声音”的呢？至少在《康熙字典》和1921年商务印书馆出版的《教改国音字典》里，“欻”还只有xū一个读音。而在吕叔湘先生1961年发表在《人民日报》上的文章中，吕先生在举例时提到了“欻”读chuā这件事。基本可以判断，由于口语中的象声词chuā找不到一个对应的本字，所以被安排到“欻”字身上，并通过权威工具书固定下来，从而形成了一个牵强却稳定的同盟。

说起来，“欻”（chuā）有个绝大多数字词都不具备的特殊身份。汉语的一大特点是同音字多，同一个音节可以对应很多字词，比如读作shī的，可能是狮、施、湿、师、失、诗……但读chuā的呢，只有欻一个。即使把标准放宽到同声韵不同调，也仍然只有欻这个孤家寡人。

即使被收入了《新华字典》《现代汉语词典》等权威工具书，“欻”的露面机会仍然少得可怜，还入选过网友收集的“那些你天天挂在嘴边但写不出来的汉字”——那是“欻”字上一次在公众面前曝光。通过语料库检索发现，60多年来，“欻”在报刊小说中大概也就出现过不到20次。不过，莫言格外偏爱“欻”字，他小说中提到“欻”的次数，几乎占到其出场数的一半。在他的笔下，骡马吃高粱穗子的声音是“欻啦欻啦”，雪白的刺刀从腮帮子旁擦过的声音是“欻啦”，脚掌踩着地下石片的时候“欻欻地响”，就连《红高粱家族》里，“我奶奶”被扇了一巴掌，脸上红晕褪去的声音也是“欻啦一声”。

丝路上的“追星人”

文/毕若旭

7月的尾巴上，绵延的雪山环抱着巴音布鲁克草原，银河从雪山顶上升起，满天繁星映照着遍布沼泽和湖泊的原野。这一幕，脱胎于阿怪3年前第一次看到纪录短片《西藏星空》时。他心生震撼，决心到祖国西部的星空下走一回。他在社交网络上发出招募有星空摄影和延时摄影经验的大学生一起去“追星”的帖子，庆阳来了，小锐、芷倩、阿悦也来了，小黑、道长、依依、子游陆续加入。“丝路”上的“西安”“茶卡”“卡拉库里湖”“喀拉峻草原”也开始从一个个字眼，变成一条绵延的车辙。

按照计划，9个人的团队白天赶路，夜晚拍摄日出日落、追逐星空。然而现实远没有这么简单。为了拍到最璀璨的星空，需要避开灯光辉煌的城市，“追星”小分队专门到没有人烟的高山、峡谷、沙漠、荒原，有时一拍就是一整夜。夏季新疆的大沙漠白天像火焰山，晚上就成了冰窖。依依还记得：“来之前，我只想到会熬夜、会很累，但没想到还要跟这么恶劣的天气和环境‘做斗争’。”

为了拍摄一个完美的镜头，再苦再累也值得，只怕天公不作美。在出发前，团队就抱着一个信仰般的目标，在2017年8月13日晚拍摄英仙座流星雨。然而就在流星雨即将到来时，天空阴云密布。为了能看到星空，一行人临时改变行程，来到塔克拉玛干沙漠腹地。他们问当地人，那里多久下一次雨。“我来这儿20多年了，从来没下过雨。”当地人说。

“可是偏偏那天就真的像陈粒唱的那样，‘我看过沙漠下暴雨’。”子游哭笑不得。尽管后来雨停了，但云迟迟不散。“那一晚哪怕有半个小时云层能散开，哪怕只能捕捉到几颗流星，我也心满意足了。”子游说。“追星人”一夜没合眼，但这一夜云未开，月未明。

和塔克拉玛干里一夜枯坐形成鲜明对比的，是在青海大柴旦打仗一般地逃离突如其来的暴雨——前所未见的特大暴雨。他们赶紧跑上车，由于能见度极低，只敢慢慢往前开，然而汽车还是陷进了沙地。手边什么工具都没有，大家就用手挖沙子，挖出一点就往车轮下垫一块石头，终于把车解救出来。

就是那一晚，阿怪预感晚上乌云可能会散，设定了凌晨3点的闹钟，从帐篷里爬出来。眼前的景象令人震撼——雨洗后的天空星汉灿烂，雪亮的银河镶嵌在穹顶之上，从空中俯视着大漠中小小的帐篷。阿怪和子游二话没说，步行3公里来到水上雅丹。那一夜的星空和翌日的日出，用子游的话说，“真的真的太壮观了”。

经历了数不清的恶劣天气和旅途波折，闯荡在户外的“追星人”已经对突发情况处之泰然。他们的相机里，美轮美奂的画面越来越多。和星空做伴的那些夜晚，子游常常忘了时间。把相机设定成延时摄影后两三个小时不用管，这时子游会和队友聊聊天、吹吹牛、生个火，也有时就静静坐着，听机械快门的“咔嚓”声隔几十秒响一次。阿悦躺在库车大峡谷里仰望天空，感叹越看到海阔天空，越遗憾没人分享她的感动。不过对她自己来说，“精彩万分，这拨不亏。原来所有所得所获，都不如一夜星空”。

一起读

在海边，躺着
蓝如鲭鱼的
我们的旅馆，条纹斑驳
好像刚哭过一场。
匪夷所思的天竺葵
挤满前窗，
地板闪闪发亮
铺满斑斓油毡。
我们夜夜凝听
一只长角的猫头鹰。
在长角的灯焰中，
壁纸湿润闪光。

——[美]伊丽莎白·毕肖普《夏梦》

离数据越近，离情性越远

文/邹金灿

最近，清华附小的学生与老师、家长们通力合作，做出了一份“大数据分析苏轼”的报告，一时刷遍了朋友圈。这件事说明，将近一千年过去了，“苏轼”依然是一个能够引发大流量的词汇。除了这一点，这个研究就很难说能够带给我们什么了。

为什么这样说呢？当我们着眼于古典诗歌的时候，有必要回顾一下诗的本质。

汉代学者翼奉说：“诗之为学，情性而已。”诗主情性，这是历代诗人公认的一种精神。我们看到，宋诗里夹杂了大量的议论，就已经被古人（包括宋人）严肃诟病，批评者认为，议论入诗这种做法偏离了情性。

宋人以议论入诗，未必会冲淡情性，但今人把古诗文摁在各种数据分析里，功夫做得愈细密，恐怕就距离情性愈远。

比如，我们细看那份报告里的论述，许多都显得很“隔”。统计者发现，“归来”是苏轼诗中的一个高频词，并且在苏轼每次被贬谪结束之后，诗中“归来”的出现次数就会有所增加。对此，报告给出的结论是：“苏轼这些‘归来诗’，与他跌宕起伏的一生似乎存在着联系，他一直满怀忧国之情，总能将这些归去归来的经历，化作美好的文学意境。”

这种说法没有什么错，但也没有道出“归”的意味。

在古诗文里，“归来”“归去”等词，除非有所确指，其落脚点往往在一个“归”字上面，即诗人渴求过上这样一种人生：卸去俗务之累，达到自适其适的逍遥状态——用今天的话来说，就是各方面都自由了，可以安心去做自己喜欢的事。

陶渊明的《归去来兮辞》，就是在述说这种人生向往。诸如此类的文学作品，可谓不胜枚举。杜甫写诗说李白：“匡山读书处，头白好归来。”苏轼的《送郑户曹》诗说：“他年君倦游，白首赋归来。”说的都是这个意思。在《行香子》这首词里，苏轼就说得更加直接了：“浮名浮利，虚苦劳神……几时归去，作个闲人。对一张琴，一壶酒，一溪云。”

千载而下，在各种写字楼里上班的我们，读到这样的感慨，依然会有所触动。

不错，古人固然因为仕途不顺而心情郁闷，并为此写下许多杰作，但他们也没有我们以为的那么喜欢做官。在骨子里，人都是不希望受羁绊的，但现实世界对人又有着各种掣肘，于是就有了“归”的渴望。诗词文章，是承载这种渴望的上佳容器。

清华附小的数据统计还发现，在苏轼的诗词中，“子由”二字出现的次数最多，最后得出的结论是：“我们发现了原来苏轼和他的弟弟子由之间手足情深。”

好吧，这自然是一个无可反驳的正确结论。值得追问的是，这样的数据分析，能在多大程度上说明人的情感？比如，古人有一种不成文的写作习惯：越是重大的情感，越不会轻易写出来。在苏轼的诗集里，就很少出现他父亲苏洵的影子。

不仅苏轼如此，在历代诗人的作品里，述说父母的都不多。在这些重要的区域里，数据如何说上话？

研读文学作品，数据确实给了我们很多便利，至少它为那些不具备创作能力的研究者，提供了广阔的论述空间。从这一点上说，数据简直就是济世良药。但对于读者来说，在阅读各种数据分析之前，有必要带上这种可能性：我们离数据越近，离情性就越远。因为许多大数据分析，并不具备帮助我们了解作者的功用。

要想深入了解作者，最靠谱的做法，当然还是老老实实、一首一首地去读他们的作品。

《国家宝藏》一眼千年，让文物“活”起来

文/佚 名

近期，中央电视台重磅推出的大型文博探索节目《国家宝藏》首播，中国的国宝也“活起来”了。这是一场关于九大博物馆、27件镇馆之宝的恢宏“特展”。包括故宫博物院在内的9个博物馆，每个博物馆推荐3件镇馆之宝，交予民众甄选。每件宝藏都拥有自己的明星“国宝守护人”，他们将倾情讲述“大国重器”们的前世今生。节目首播，豆瓣评分已达9.2分！

明星守护人再次演绎文物背后的故事

首期节目中，故宫博物院选出了三件国宝：王希孟《千里江山图》卷，“中华第一古物”石鼓，以及有着“瓷母”之称的各种釉彩大瓶。

梁家辉自称是“半个故宫人”，他以“国宝守护人”的身份演绎司马光，讲述“中华第一古物”石鼓的前世传奇：石鼓文记述了秦始皇统一中国之前一段不为人知的历史，是中国最早的石刻诗文，创下中国文物史上的奇迹，它是上承金文下接篆书的过渡标志。

作为各种釉彩大瓶“瓷母”的“国宝守护人”的王凯，在节目中化身乾隆，隔空对话雍正。“瓷母”的诞生标志着中国古代制瓷工艺的顶峰。

李晨扮演的宋徽宗讲述了王希孟《千里江山图》背后的故事。王希孟出生于中国山水画的黄金时代，受到宋徽宗的亲自提点，凭借绘画天赋和不懈努力，十八岁时便画出了这幅中国画历史上最有名的《千里江山图》卷。

他们不是“明星”，但背后的故事更精彩

除了演员们的“场景重现”，《国家宝藏》中普通人的故事，更让人感动。

比如典型的“故宫人”梁金生，这位与梁家辉一同推介石鼓的守护人，从他的高祖父开始，一家连续几代人都在故宫供职，他也在故宫工作了38个年头，是名副其实的“故宫世家”。

比如年轻的志愿者张甡，号称“瓷器问不倒”的他在故宫志愿服务了5年，但说到各种釉彩大瓶，他滔滔不绝，依然充满热情与敬畏。还有无数来自各个岗位不同年龄段的文博志愿者。

“农家乐审美”被吐槽，“乾隆”这句话掷地有声

此前，乾隆的审美一度被网友称为“农家乐”范儿。

在节目里的小剧场环节，还有大臣对王凯饰演的乾隆帝上书：一个瓶子十七种花色，有点过了吧……王凯不仅现场为观众进行文物历史的解说，还用表演加讲解的方式展现中国官窑瓷器史上工艺最为复杂的各种釉彩大瓶的由来。

看完网友纷纷表示，简直是“谜之自信”乾隆爷。

在“前世传奇”环节，王凯版的“乾隆”风度翩翩，一心想要打造出集中国瓷器之大成的瓷瓶，却被“穿越”过来的黄公望、王羲之等不同历史朝代的文化名人不理解，甚至连乾隆之父雍正皇帝也现身表达不认同。而对于先贤们的质疑，“乾隆”以一句话回怼：“鼎盛王朝就该海纳百川。”这句话，乾隆爷不但为自己的审美打了个“翻身仗”，网友也是连连点赞。

节目制片人、总导演于蕾此前表示：“我们很荣幸，做了第一个吃螃蟹的人。节目播出之后，如果大家都为自己能够知道几件国宝的过去和现在而骄傲，大家都想走进博物馆，我们觉得这就是《国家宝藏》最大的成功。”这样的节目，你追不追呢？

妫汭：不只是北京世园会的主会场

文/李方恩

参观北京世界园艺博览会的观众都会对来自世界各地的园林艺术大呼过瘾，尤其是对园区中心的“妫汭”（guīruì）剧场印象深刻，这个蝴蝶造型的剧场惊艳了整个世界。同时，参观者也都对“妫汭”这个词感到非常陌生，能够读对这个词的人凤毛麟角，了解其含义的就更少了。

这个剧场之所以叫作“妫汭”，首先是因为妫水河横穿世园会园区。妫水河发源于延庆区城东北13千米处，穿过延庆盆地，后来并入永定河，妫水河长度达到18.5千米。所谓“妫汭”的意思，就是妫水河弯曲的地方。不过，以上只是从地理层面进行的解释，“妫汭”一词还包含着浓厚的中华传统文化气息。

“妫汭”一词很早就出现在中国古代典籍中，此后又曾经多次出现，在《尚书·尧典》中有这样的表述：“厘降二女于妫汭，嫔于虞。”意思是说，我要把两个女儿在妫水河弯曲的地方嫁给舜。这个故事在《史记·五帝本纪》中也有记载：“舜居妫汭。”不过据考证，这里对妫汭的地点有不同说法，有的专家认为在北京的怀柔，有的专家认为在山西省永济市的首阳山，因为舜曾经在这里建立都城。

相传，我国在尧舜禹时期采取了民主推荐的方式选择部落联盟的首领。当时，尧帝在年老的时候，召开部落联盟大会，让各部落的首领推荐合适的人选，大家推选了非常贤德的舜。舜的父亲心术不正，对他也很不好，舜的母亲经常说谎，舜的弟弟也是一个非常傲慢的人。即便是在这样的情况下，舜还是能够与他们和睦相处，尽心竭力地承担自己的责任。在舜的感化之下，他的父母和弟弟都开始弃恶从善。尧在听了这些情况之后，决定考察一下舜，看他是不是一个可以托付天下的人。尧的考察方式令人“脑洞大开”：他把两个女儿娥皇、女英嫁给了舜，以便近距离观察舜。后来，尧了解到他们夫妻相敬如宾，家庭非常和谐。再加上其他方面的考察，尧确信舜是一个非常贤德的人，于是就放心地把天下交给了舜。此后，这段典故经常出现在一些著作之中，“妫汭”一词也逐渐发生了变化，不再是一个纯粹的地理名称，而是被用来描述和谐的婚姻与家庭。

另外，在中华姓氏中还有“妫汭五姓”——姚、妫、陈、田、胡的说法。舜生于姚地，也就是今天的河南濮阳范县，他就以姚为姓，后来舜又到了妫汭居住，一些子孙就以妫为姓。此后，又从这两姓中分化出了陈、田、胡。

时至今日，“妫汭”这个词早就退出了人们的视野。这一次，北京世园会的主场馆以“妫汭”来命名，使得人们重新关注到这个极富中国传统文化意味的词汇。

抄句子

被爱意味着被消耗，被染成灰烬，爱则意味着永不枯息的明灯放射光芒，被爱转瞬即逝，爱则是永存不灭。——[奥地利]里尔克《布里格随笔》

谁说现在是冬天？当你在我身边时，我感到百花齐放、鸟唱蝉鸣。——[英]夏洛蒂·勃朗特《简·爱》

永远是这样，风后面是风，天空上面是天空，道路前面还是道路。——海子

什么样的文化节目才能火

文/王一博

《一本好书》于2018年10月8日播出，有网友评价，节目“意外地好看，朴素又扎实”。也有人认为：“因为形式所限，也只能起到点题的作用，无法深入太多。”做电视人23年了，关正文在制作文化节目这条路上越走越远。近两年，《见字如面》《朗读者》《国家宝藏》等文化节目大量涌现，据媒体统计，今年国内文化类综艺节目的数量超过60档。一年多前，很多人念叨着文化节目的春天到了，但现在，给人们留下深刻印象的作品还是那少数的几部。在原创与跟风、安静与喧嚣的对峙中，究竟什么样的文化节目才是观众需要的？

《见字如面》诞生前，关正文原本想做一档读书节目，但他没有找到合适的方式。只念书，形式太单一，况且书的逻辑性强，从哪儿读起呢？后来，他受英国私人信件书籍《见信如晤》的启发，率领团队制作了《见字如面》。

节目第一季“裸奔”播出，没有广告赞助商。有媒体报道，当时视频网站甚至不知道把它归类到什么条目，最后贴上“脱口秀”的标签。结果，首期播放量很快突破2000万（目前为5194万），豆瓣评分一度达到9.3分。

《见字如面》播出尚未过半，《朗读者》《中国诗词大会》第二季相继出现在荧屏上。前者豆瓣评分曾高达9.5分，后者成为当年春节期间收视率最高的节目之一。“文化节目的春天”之类的措辞不断出现。不过对于类似的说法，制作人们并不乐观。董卿曾对媒体坦言，“文化类的节目真的很难做”，“需要更精心的设计”。她不认为几档文化节目得到关注，就意味着这类节目开始大火，但承认“起码它是个风向标”。

“文化节目的热只是虚火。”关正文说，“我们跟头部资源始终是有一个追赶的关系。它（文化节目）还没那么优秀，没有那么好。”在他看来，即便文化节目有漂亮的播放数据，放到广告市场，依然不会受到热捧。

关正文口中的“头部资源”指的是《奔跑吧》《极限挑战》等爆款综艺。这些节目目前已经播出数季，仍旧占据收视率的前排位置，冠名费也多以亿元为单位。

国内热播的综艺模式很多来自外国。一档节目火了，同一类型的作品大举跟上。正是在“综N代”霸屏的背景下，突然蹦出几档优质的原创文化节目，让人们眼前一亮。

“文化节目想要被看到，需要靠全新的形式和设计。”这也是关正文和团队花了两年多研发《一本好书》的原因。为此，节目组打造了环形舞台，观众在中间，演员围着观众演。11本书的题材各不相同，录完一期节目，就要重新布置舞美。

演员王洛勇拿到《霍乱时期的爱情》剧本时，发现他饰演的老年阿里萨，时而作为串讲人，用叙述的方式把前后的表演串起来；时而又参与到表演中。在内容讲述上，《一本好书》没有直接演绎节选片段，而是找到一条逻辑线，用夹叙夹议的方式呈现。

录制《三体》时，为了感受剧情推进的新鲜感，赵立新只背了自己的台词，没有看完整的剧本。“我希望在现场才知道它接下来发生什么，这样才能更符合科幻的气质。”

抄句子

别人对你说的话，做的事，从来不能决定你是什么样的人；你对别人说的话，做的事，才能决定你是什么样的人。——黄桐《人生总要慢慢熬》

时间决定你会在生命中遇见谁，你的心决定你想要谁出现在你的生命里，而你的行为决定最后谁能留下。——[美]戴维·梭罗《瓦尔登湖》

别人家的孩子不/好/当

文/马伯庸

顺治十五年（公元1658年），对山东淄川县的学子来说，不是一个好年份。无论你读的是公塾还是私塾，都避不开被先生和家长反复训诫。训诫的内容是学生们挥之不去的千古噩梦——你看看别人家的孩子。这个“别人家的孩子”，就是蒲松龄。

蒲松龄从小心思灵动，对文字极为敏锐，可称神童。然而，这位才华横溢的神童把技能点全都加到了奇怪的地方。明代出版业发达，尤其是各种稗官野史、小说杂流极为盛行。蒲松龄一接触到这些闲书，立刻沉迷其中。但天才毕竟是天才。蒲松龄读闲书不光读个热闹，还学得像模像样。蒲松龄在《聊斋志异》自序里颇为自得地说：“辄喜东涂西抹，每于无人处时，私以古文自效……”意思是说：我喜欢随便写点东西，偷偷学点古文。

这个古文是相对于时文来说的。当时，“时文”特指科举考试的八股文，而广义的“古文”指先秦以来的骈文、散文、辞赋之类，又特指《史记》《汉书》以及唐宋八大家的作品。当时的应试教育很严格，有的老师连古文都不许学生读，因为太挤占精力。蒲松龄专心于古文，学习成绩应该会受影响吧？但“别人家的孩子”蒲松龄在县试和府试中，都考了第一名，称为“案首”。

顺治十五年，蒲松龄以案首的身份，前往济南参加道试，也叫院试。蒲松龄进了考场，打开试卷一看，上面写着：早起。这个题目出自《孟子》里的一个故事：齐人有一妻一妾。“早起”这两个字便出自故事里的原句“蚤起，施从良人之所之”——“蚤起”即是早起。

蒲松龄拿到这个题目一时技痒，一篇议论文就这样被他写成了一部短篇小说，而且完全符合八股文规范。考卷很快被送到了主考官施闰章的手里。施闰章学问很大，还特别开明。他一拿到蒲松龄的卷子，大喜。于是，道试放榜之日，满城轰动，因为蒲松龄又拿了第一。蒲松龄在当地的风头一时无两。

顺治十七年（公元1660年），蒲松龄参加乡试，结果落榜而归。乡试和前几场考试不同，这是与全省精英竞争，难度极大。康熙二年（公元1663年），蒲松龄再赴考场，仍铩羽而归。蒲松龄从此立志，制订了详尽的学习计划，可他的心思根本不在这上面。他没事就偷偷写点诗，还顺便搜集各种神怪异事，甚至还热衷于编俚曲调子。

蒲松龄的好友张笃庆看他每天忙活这些事，委婉劝他，你闲书看得太多了，对你考取功名是有妨碍的。果然，康熙十一年（公元1672年），蒲松龄又一次落榜。蒲松龄贪玩不假，可说起学习，态度却很认真。问题在于，他天生性灵在文学。而进入康熙朝之后，科举风气大变。康熙不喜欢有个性的文字：“骚人词客，不过技艺之末，非朕之所贵也。”这句圣谕对蒲松龄来说无异于当头一棒。

蒲松龄一方面没放弃艺术追求，一方面又继续赶考，屡战屡败，屡败屡战。这期间，他完成了《聊斋志异》。直到康熙五十年（公元1711年），蒲松龄去青州考贡，才勉强做了岁贡生，其年已71岁，真应了“蹉跎老大负平生”这句话。四年后，蒲松龄与世长辞。“举人”这个目标，他这辈子也没够着。

这场著名的兄弟残杀是个谣传

文/王左中右

只要你的语文课不是体育老师教的，一定知道曹植七步成诗的故事。但我发现，《七步诗》的故事很可能是假的。

七步成诗的故事最早不是出现在《三国志》或其他严肃的史书里，而是记录在《世说新语》上。原文是这么写的：文帝尝令东阿王七步中作诗，不成者，行大法。应声便为诗曰：“煮豆持作羹，漉菽以为汁。萁在釜下燃，豆在釜中泣。本是同根生，相煎何太急？”帝深有惭色。

《世说新语》有很多杜撰夸张的成分。比如书里记载了曹丕毒杀兄弟曹彰的一段黑历史。曹彰骁勇善战，引起了曹丕的戒心。曹彰虽是武将，但喜爱下棋。因此在黄初四年（公元223年）农历五月月黑风高乌云密布的一天，曹丕单独邀请曹彰到宫中下棋。曹丕事先准备好一盘枣子，其中有的有毒，已做好标记。两人一边下棋一边吃枣，曹丕专挑没毒的吃，曹彰被蒙在鼓里，正当棋盘上杀得昏天黑地之时，曹彰毒性发作，吐血身亡。黑白分明的棋盘上沾满了鲜红的血迹。

这段情节比《权力的游戏》还残暴，但稍有点人生经验的人都知道，农历五月枣子还没熟，那时又没有催熟剂，用枣子毒杀曹彰根本不可能。所以，《世说新语》里关于曹丕的故事根本是在胡扯。事实上，曹丕和曹植的关系不仅不是世人所想的那样剑拔弩张，反而是感情深厚。

黄初二年（公元221年），一个阳光明媚的日子，曹植酒喝多了，醉酒之下把监国使者打伤了，监国使者是皇帝的特使，曹植这是藐视皇权，一不小心就要被砍头的。一群官员上奏曹丕表示要严惩曹植，曹丕也拉着脸很威严地说：“对对对，皇权神圣而不可侵犯，一定严肃处理。”结果，曹植既没有被判刑，也没有被罚钱，只是被贬为安乡侯，根本没有实质上的惩罚。

曹丕明显顾及兄弟之情在包庇曹植。如果他想加害曹植，这事是绝佳的借口，根本不需要搞什么七步诗。曹植呢，则总是对哥哥曹丕流露出崇拜的小眼神，把曹丕写进自己的诗中。比如《侍太子坐》：“翩翩我公子，机巧忽若神。”曹植称曹丕为翩翩公子，又帅又聪明，这两句夸死人不偿命的诗，不知道的还以为是曹丕粉丝写的。

曹丕去世后，曹植甚至一度伤心欲绝哭晕过去，还写祭文回忆和曹丕在一起的青葱岁月。曹植为悼念曹丕写的《文帝诔》是他写过的诔文中最长的一篇，其他的诔文只有几百字，唯独这篇有1228字，文中对曹丕的深厚情感都快从纸上溢出来了。

所以历史上，曹丕和曹植兄弟二人合家欢乐，根本不存在皇位之争。而且曹丕的龙椅从一开始就是钦定的，曹植是大力支持的。《七步诗》只是《世说新语》中一位无名作者开的“脑洞”，臆想出来兄弟之间为王位争斗。

而且一看这位无名作者就是个不怎么严谨的文人，不读历史也不看新闻。兄弟残杀哪儿有通过写诗这样文艺的方式进行的？如果曹丕真要杀曹植，早就派兵在宫门外当场截杀，或者把他关入大牢囚禁一辈子了。这，才是真正的权力斗争。

三国人物中，苏轼爱谁多一点

文／刘黎平

在三国后不久，民间就流传着三国人物的各种神奇故事。当然，谙熟历史经典的文人墨客，更是三国故事的传播者、渲染者。苏轼就是其中一位。

刘备人气高：苏轼对他赞不绝口

大家都知道苏轼仰慕周瑜，在《念奴娇·赤壁怀古》中就有铁证：“遥想公瑾当年，小乔初嫁了，雄姿英发。羽扇纶巾，谈笑间，樯橹灰飞烟灭。”可以说，周瑜的形象在苏轼的笔下达到了极致。也许是因为这首词将周瑜写得太精彩了，其光芒掩盖了其他诗文中的三国人物。其实，苏轼也是刘备的拥趸。

苏轼被贬谪黄州之后，就去过襄阳，刘备奋斗过的地方。苏轼来到襄阳一个名叫檀溪的地方，“宦游偶至檀溪路”。他眼前似乎浮现了刘备当时仓皇逃到此处的情景：“逃生独出西门道”，苏轼此刻和刘备的时空似乎重叠了，他也在替刘备着急，幸好的卢马跳跃能力强，于是“耳畔但闻千骑走，波中忽见双龙飞”，看着刘备安全撤走，苏轼似乎也松了口气。

苏轼在诗中认为刘备是英雄豪杰，“西川独霸真英主”这个评价相当高，而且对于刘备的遭遇也极为伤感，“檀溪溪水自东流，龙驹英主今何处”，尽显惋惜之情。然而，这首诗的艺术高度比《念奴娇·赤壁怀古》逊色多了，因此刘备的艺术形象也比周瑜黯淡许多。

曹操最苍劲：苏轼对他感叹颇多

对于曹操，在《念奴娇·赤壁怀古》中，虽然没有直接点名，但是周郎的潇洒倜傥，都是通过曹兵的失败来衬托的。当然这不是苏轼刻意贬低曹操，而是周瑜在历史上交的最有说服力的答卷就是赤壁之战，而这一战失败方确实是曹操。

此外就是大名鼎鼎的《前赤壁赋》。虽然假托是朋友凭吊，其实未尝不是苏轼自己的想法。月色之下，他想起当年曹操大军下江南的情景，“舳舻千里，旌旗蔽空，酾酒临江，横槊赋诗”，好不威风。然而，东风一来，赤壁一把火，曹军仓皇北撤，又何等狼狈。因此感慨：“而今安在哉？”

苏轼对于曹操既不是肯定的，也不是否定的，而是透过曹操的形象，描述历史的苍凉感，抒发心中的沉郁。和“多情应笑我，早生华发”如出一辙，都是他感叹自身遭遇而已。

而在《魏武帝论》里，苏轼这么给曹操打分，“长于料事，而不长于料人”。正因如此，苏轼笔下的曹操是一个风格苍劲的艺术形象，主要用来寄托历史沧桑之感。若说夸赞，没有达到刘备的高度；若说羡慕，没有达到周瑜的境地。

周瑜最风流：苏轼对他仰慕不已

可以说，所有诗词当中关于周瑜的形象，没有比《念奴娇·赤壁怀古》更美好的了。周瑜，是苏轼词作当中的颜值担当，理想担当，霸气担当。苏轼笔下，整个三国史浓缩成了一部周瑜史，所有的三国英雄都汇集成一个形象：周瑜。这正好可以说明，周瑜为什么形象如此完美高大，因为他熔铸了整部历史，全部英雄。当然，这和周瑜的实际情况有关。在赤壁之战中，他是指挥主将，且当时才三十三岁，意气风发。他还是三国史的颜值担当，青春担当。史实的基础，主观的寄托，塑造了一个无比高大和完美的周瑜。

甄氏，翻船的《洛神赋》女主

文/闫 红

都说洛神的原型是曹丕之妻甄氏，更有人言之确凿地说，《洛神赋》原名《感甄赋》。

较真儿的人指出，甄氏生于183年，而曹植生于192年，她足足大了曹植9岁。可是，大9岁就不会产生爱情吗？青春期的曹植，惊异于成年女子的美，也不是特别奇怪。不管是不是，反正甄氏一定很美是没错了。然而，我们细观甄氏的一生，会发现她战战兢兢如履薄冰，却还是挡不住行差踏错，全盘皆输。

她出身无极甄家，是中山国的名门望族，再加上她天生丽质，长大后顺理成章地嫁入了有"四世三公"名头的汝南袁家，成了袁绍次子袁熙的妻子。然而，乱世之中，人人身如飘蓬。一时豪杰如袁绍，官渡之战后元气大伤，没两年就送了命。又过了两年，曹氏大军打进袁氏府邸所在的邺城。曹丕见到两个处于恐惧中的女人：年轻的那个把脸伏在年长者膝上，后者则让人把自己的手绑起，这是在当时她们发布的一份安全声明。

绑起双手的年长女子是刘氏，袁绍的妻子。她的做法收到了效果，曹丕有点不好意思了，说："刘夫人何必这样呢？让你的儿媳妇也把头抬起来吧。"松了绑的刘氏亲自把甄氏整张脸捧起来，使得甄氏不得不往后仰去。这行为有点像献宝，而甄氏的脸也的确像珠宝般发出光华，照亮了曹丕的眼睛。精明的刘氏看出这一点，她冷静地告知甄氏，我们可以不用死了。

这一年甄氏22岁，曹丕17岁。曹操毫不介意地为曹丕迎娶了甄氏，她美得很有说服力是一个原因，另一方面，只怕和她的出身亦有关系。甄家的品牌，也是有吸引力的。而甄氏要做的，就是将这品牌的含金量加以巩固。她充分展现自己的贤良淑德，曹丕越是宠爱她，她就越是低姿态。对婆婆卞夫人，甄氏也特别孝顺。

甄氏跟婆婆过招从来没输过。曹丕的世界里许多星辰来来往往，都不曾动摇过甄氏的地位，直到郭女王横空出世。郭女王这名字霸气吧？还真的不是绰号，也不能算名字，女王是曹丕宠妾郭氏的字，据说是她爹从小觉得这丫头不同凡响，真是女中之王，就给她起了个"女王"的字。

郭女王虽然有个看好自己的爹，奈何这爹命不长，和她娘一起死于战乱之中。后来她不知怎么着漂流到曹丕这里。野路子出身的郭女王，不做道德文章，她的核心竞争力，是懂得世故人心，她知道曹丕想要什么，也知道怎样帮助曹丕取得。如此一来，甄氏就被比了下去，真正的危险，终于出现了。甄氏感受到了恐惧，几近失控。她撕破过去的温良恭俭让，一再发出激愤之声，这令曹丕厌倦。

很多文学作品把曹丕刻画成一个很干燥的人，事实上，读他的诗文逸事，会发现他其实很多情。但是，多情与刻薄并不完全矛盾，又有一个野心勃勃的郭女王在旁边候着，最终曹丕赐了甄氏死罪，下葬时披发覆面，以糠塞口。第二年，郭女王当上了皇后，虽然有大臣反对曹丕以妾为妻，但曹丕根本不理会。

甄氏的时代彻底结束，这看似是两个女人之间的输赢，实际上，却是缺乏战斗力的贵族，在生机勃勃的草根面前败下阵来。在乱世里，和曹丕同样有着僭越之志的郭女王，才是他最好的拍档。而曹植输给曹丕，又何尝不是他文人气太重、现实感太差？与其将《洛神赋》看作是一种爱情表达，不如视作失意者的自我安慰。

『饮鸩止渴』的鸩到底是哪种毒鸟

文/刘光裕

“饮鸩止渴”是中国的一个成语，意思是喝毒酒来解渴，寓意人急功近利，用错误的方法来解决眼前的困难而完全不顾后果。在这个成语中，“鸩”是传说中的一种毒鸟，用它的羽毛浸的酒，喝了能毒死人。那么这种叫作“鸩”的鸟到底长什么样子呢？

《山海经》中说：“鸩大如雕，紫绿色，长颈赤喙，食蝮蛇之头，雄名运日，雌名阴谐也。”

古人认为“鸩”这种鸟像雕，爱吃毒蛇的头，所以它自己也变得很毒。但是，迄今为止，在中国也没有发现一种有毒的鸟类。传说中的鹤顶红，其实也是“砒霜”的雅称，丹顶鹤头顶的红色部位并无毒性。

然而，古人似乎也不大可能平白无故地想出一只有毒的鸟，并将之称为“鸩”吧。自然界中必然存在有毒的鸟类。

大自然中没有不存在的，只有想不到的。令人兴奋的是，1992年美国科学家在新几内亚的热带雨林中发现一种小鸟，其羽毛和皮肉确实富含剧毒。这种小鸟名为黑头林鵙鹟，它的头、翅、尾为黑色，其他部分为橙色，颜色艳丽。由于有毒，当地居民也把这种小鸟称之为“垃圾鸟”。黑头林鵙鹟生活在热带雨林中，外形有点像我们常见的黄鹂或者八哥，研究人员在做标本的时候，发现它的羽毛碰到皮肤之后，具有灼烧般的刺痛感。后来发现，原来是这种鸟的皮肤和羽毛有毒。

黑头林鵙鹟是第一种被发现体表含有剧毒的鸟类。它的皮肤和羽毛含有蟾毒素族（即箭毒蛙体内的毒素）的神经毒性生物碱。蟾毒素的作用类似洋地黄，对心脏有毒性作用。中毒之后，可出现剧烈呕吐、心律失常，数小时即可致人死亡。

黑头林鵙鹟富含剧毒的发现，发表在《科学》杂志之上，之后便著称于世。研究发现，黑头林鵙鹟的毒素来源，确实和“鸩”有点像，它羽毛的毒素可能来自它们食用的甲虫和植物，这被认为是一种化学防护的“庇体神功”，以避免体表寄生虫，或避免掠食者如蛇或人类的捕食。

除了黑头林鵙鹟，还发现了其他一些种类，如同样生活在新几内亚热带雨林中的蓝顶鹛鸫也有毒，毒素与黑头林鵙鹟一样，来自它所吃的毒虫。分布于非洲的距翅雁长相介于大雁和鸭子之间，它因取食有毒昆虫，而富含斑蝥素，人或天敌食其肉会中毒而死。另外，生活在欧洲的鹌鹑也会因食物改变而富含毒素，每到冬季迁徙的季节，吃了毒芹种子的鹌鹑就会变得有毒。

那么，黑头林鵙鹟是不是“饮鸩止渴”中的鸩鸟呢？这个还真不好说。古书里说鸩鸟生于岭南，而黑头林鵙鹟现在只分布于新几内亚。虽然新几内亚与古人常说的“岭南多瘴气毒虫”相符，但两地相距甚远。另一种可能是，这种有毒的鸟会不会是东南亚上贡而来的呢？还有一种可能就是这种小鸟在上古时代曾经也能分布到岭南地区，后来逐渐被捕杀灭绝了。这些都只能作为猜想罢了。

然而，或许中国境内还真有有毒的鸟类，只是我们还没发现。毕竟科学家对鸟类含毒的研究时间还很短。

李煜：你灭了我的国，我却点燃了宋词的火

文/华 伟

历史上所有朝代都有一个末代君主，他们的故事串起来，就是一部令人扼腕的《悲惨世界》。南唐后主李煜就是这样一个人，搞文学创作的时候霸气侧漏，治理国家却到处漏水。

北宋国都汴梁，秋天刚过，一座巍峨的宫殿拔地而起，宋太宗给它取了个好听的名字：紫宸殿。而不远处，一个中年男人正在病痛中挣扎。他就是李煜，现在大宋的囚徒。

命运最初待他不薄。幼时，他无忧无虑，那时候，他还叫李重光。当时天下的皇位继承，讲究的是“兄终弟及”。父亲李璟的六个孩子，有四个夭折，只剩下老大李弘冀和老六李重光。李弘冀有一定的政治头脑和军事才能，被各方认为是南唐最合适的接班人。他的缺点也很突出，行事专横，权力欲过于强烈。他设计毒死了竞争对手、叔父李景遂，为绝后患，侍者仆从，一个也没放过。

接着，他又盯上了李重光。但是杀不杀这个弟弟，李弘冀一直没拿定主意。从这两年的观察看，弟弟根本无心从政，不是在喝酒练字画画，就是在钓鱼滑冰。“没想到你是这样的弟弟！”太子微微一笑。一个月，一场传染病夺走了他28岁的生命。李重光立即成为最热门的接班人。两年后，李璟去世，李重光继位，并更名为李煜。

当时南唐已经大厦将倾，一个最致命的原因就是宋的崛起。最初，宋的实力不足以吞下南唐，还维持着表面的客气，然而，等到宋自信可以吞下南唐时，就露出了它带血的獠牙。

公元974年秋天，宋太祖正式动手，先后派军直攻南唐。李煜闻讯也开始筑城聚粮，积极备战。比如洪州节度使朱令赟，紧要关头率兵15万救援南京，中途想学习一下周瑜的赤壁之战，下令焚烧宋船，不料北风大作，反而烧至自身。

李煜两次派遣大臣出使北宋，进贡大批钱物以求和，宋太祖答复了一句千古名言：“卧榻之侧，岂容他人鼾睡？”执政15年后，李煜终于迎来他一生中最耻辱的一天——12月28日，寒风中，他赤裸上身出城投降。

该说说他的词了。他早期的词，总是跟风花雪月的事儿有关，具体说，一个是娥皇（大周后），一个是嘉敏（小周后），她们是亲姐妹。

遇到娥皇的时候，她19岁，他18岁。两个年轻人很有共同语言，他最爱作词，而她引领了宫廷的时尚潮流。史载周娥皇“雪莹修容，纤眉范月”，她创造的“高髻纤裳”和“首翘鬓朵”等妆容，后宫女子争相效仿。婚后，李煜和娥皇天天厮磨在一起，歌酒诗书，蹉跎时光。可是，公元965年，娥皇产后失调，加上新生的皇子仲宣夭亡，她没能挺过那一年。

李煜很幸运，因为这个时候小周后嘉敏来到了他的身边。李煜仿佛又看到了大周后的身影。他大宴群臣，花天酒地，他很喜欢自己营造的这场超级幻梦。

被押到汴梁后，他被封为“违命侯”，日常生活都被监视。同时被软禁的还有小周后，被宋太宗百般侮辱。李煜受不了这种苟活，终于，在42岁生日当天，他满怀悲苦之情，写出了惊世千年的《虞美人》。这首词意味着什么，他很清楚。当晚，宋太宗果然御赐给他一杯毒酒。

他不知道，当时有很多人已开始模仿他的词作，里面有不少人后来成了著名的诗词大家，如柳永、晏殊、周邦彦，再迟点，人就更多了，苏轼、李清照、辛弃疾……他以柔软悲苦又易感的灵魂，开创了两宋的诗词盛世。虽然被灭了国，他却点燃了宋词的火。

历史上被删除的十天

文/李方恩

如果有人告诉你，1582年10月5日到14日这十天在历史上是不存在的，这十天没有发生过任何事情，你一定会感到这是在胡扯。事实上，这件事的的确确是真实的。

众所周知，古时候，罗马都是西方文明的中心，但是它没有一部统一的历法，著名的恺撒大帝登位后，决心改变这一现状。公元前46年，恺撒请希腊天文学家索西琴尼到罗马帮他修改历法。最终，恺撒采纳了索西琴尼的建议，以埃及的太阳历为蓝本，重新编制了历法，即《儒略历》。公元前45年1月1日，恺撒下令在罗马实行这一历法，这使得之前的混乱状况得到了改善。可是，这一历法也有问题。

《儒略历》以回归年为基本单位，当时计算的回归年长度是365.25日，比实际上回归年的365.2422日长了0.0078日。起初，这不算什么问题，但是误差累积越来越多，麻烦就越来越大。比如，《儒略历》最初设定的每年春分在3月21日前后，但几百年过后，春分在该历法上的日期越来越提前，这给现实生活带来了很多麻烦，因为农民要根据节气种地的。此外，这对于宗教界也产生了很大的影响，因为教会要根据春分确定复活节。长此以往，耶稣究竟在哪一天“复活”的，就成了一个大问题，在教众们看来，这是非常不严肃的。

到了公元1582年，随着天文观测技术的进步，人们发现实际上春分已经提前到了3月11日，比原定的3月21日提前了十天！这该怎么办？当时，欧洲最有地位的人是教皇，时任教皇格里高利十三世，下令由天文学者和高级僧侣组成一个委员会，数学家克拉维斯任主席。

最终，委员会提出了一年有365.2425天的方案，这大大接近了回归年的实际。但是这一方案仍有误差，只不过两者相差非常小，每3323年误差还不到一天，对普通人的生活没什么影响。不久，教皇颁行了这一历法，这部历法被称为《格里高利历》，也就是后来通称的“公历”。

虽然回归年误差的问题解决得差不多了，但是差十天的问题怎么办？克拉维斯等人想了很久也没有想到办法，于是干脆向教皇建议，简单粗暴地从日历中抹掉十天！具体来说，就是让老百姓过完1582年10月4日后直接过10月15日。接到这个建议后，教皇也十分惊讶，但也觉得没有办法，只得把心一横，发布教皇训令，将1582年10月5日至14日抹掉！这个指令下达后，尽管民间怨声载道，但是大家只能遵照执行。如此一来，误差总算是暂时没有了。

就这样，教皇大笔一挥，十天就这样离奇地消失了。但是，英国最初并不买教皇的账，坚决反对，这导致英国的日历与欧洲大陆各国的日历都不一样。英国人就这样坚持了170年，到了最后，英国人实在扛不住了，通过立法，同样把多出来的这些天抹去了。

木碗

文/王　族

新疆人有个习惯，吃饭到最后上一份酸奶，所有人便都很高兴。讲究的人，多用木碗盛装酸奶，同时配上木勺，大家极富仪式感地喝完酸奶，饭局遂宣告结束。

在南疆和田一带，至今仍盛行木质餐具，人们喝酸奶必用木碗，更有不少人则用木碗吃饭。

曾见一老人端一木碗吃揪片子（汤饭），问他为啥不吃拌面，吃揪片子能吃饱吗？他一晃那木碗说，吃拌面就不用木碗了，我于是明白吃拌面用另一种木质盘子，不能混搭使用。

细看老人的木碗，其形状美观，颜色鲜艳，花纹精巧，犹如一件艺术品。试想，端着如此完美的碗吃饭，那滋味一定分外不同。

与老人闲聊，得知他自小用木碗吃饭，今年已经七十多岁，想必要用一辈子了。他手中的木碗出自他手，在二十八岁那年用了五天时间做成，一直用到现在。

我惊异于五天才完成一个木碗，看来做木碗耗时。不料他说这不算什么，有的碗要用十几天才能做完，不过那样的碗是看的，不是用的。

聊得兴起，老人遂给我介绍，南疆有木碗、木勺、木盘、木盒、木盆、木桶、木缸、木杯等，多用白杨、泡桐、柳树、杏树、桑树、枣木、核桃树等木材做成。

这些木材有韧性、无毒、无异味、不易变形，且降温快，用之不烫手不烫嘴，同时还结实耐用，不会被碰碎或摔坏。

木碗除了用于吃饭外，还可以装酸奶、羊油、玫瑰酱、无花果酱、酥油等，可使其不变质。

后来见到一家木碗作坊，操作者将整块木头放机床上，左右摆弄，便有密集的刨花飞溅而起，在他身上落了一层。我站在一旁看了一会儿，看到了截材、刨面、定型、挖凹的过程。但这只是第一步，操作者小心翼翼将其举到机器前，让转轮一点一点地做出圆形，基本上有了一只碗的形状。

我以为他就那样做碗，不料他却关了机器，手持凿刀一下一下地凿，慢慢地便有了碗沿的形状。

照他如此速度，没有一天恐怕完不成碗沿，至于碗肚、碗底，以及里面的凹口，则就更需要时间了。我没有多余时间等待，便转身离去。这世间的事情，能目睹或经历的往往有限，大多都凭借理解和想象去完成，再或者将其装在心里，使之成为念想，倒也不错。

在和田“核桃王”所在地，见到了用核桃木做成的木碗，里面装着“核桃王”结出的核桃。

碗和核桃是同一颜色，让人觉得庄重珍贵。问及价格，漂亮的女服务员说，必须连核桃带碗一起买，这两种东西从不分开卖。我买了一碗核桃，不，是一个精致的核桃木碗，还有十几个“核桃王”结出的核桃，回家舍不得用碗，亦舍不得将核桃吃掉，一直收藏到现在。

在另一地，见一户人家卖木碗，便想买几个拿回家吃饭。在选碗时发现有一对颇为精致，便下决心哪怕多花一点钱也要把它们买下。不料男主人连连摇头表示不卖，然后解释说他女儿快出嫁了，他再做两个木勺后，就配齐了那对木碗，让女儿带到新家去。虽然一对木碗木勺不足以成为嫁妆，但他觉得寓意深刻，寄托着让女儿过上好日子的愿望。

听他那么一说，便觉得人家的木碗如此重要，我不能再提出请求，便另买了两只碗带回家。

去年传来一个不好的消息，说那人去昆仑山，寻找给女儿做木勺的好木头，不幸遇上洪水命殁。

他女儿出嫁那天，抱着两个木碗，泪流满面，一步三回头。

是谁说的第二名没有优势

文/佚 名

帆船竞赛，这样一个主要依赖自然风力的比赛，往往在开赛时抢先一步，就可能一直占有先机。但实际上，这样的一种比赛，也有博弈策略的存在。

第一不学第二，吃大亏

美洲杯帆船赛是世界上影响最大的帆船赛，它的决赛只有两支船队参加，由本届优胜者挑战上届冠军。1983年美洲杯帆船赛决赛，由澳大利亚队挑战美国队。

澳大利亚队因疏忽，在比赛开始就已经落后美国队37秒。两支船队都使用了最好的船只，都对风向风速做了仔细的赛前预测，看来这一场比赛，澳大利亚已经很难再取胜。但在这时，澳大利亚队的船长勃兰特做出了一个重要的决定。

当时的风速，是有利于在河流的右岸行驶的，而美国队已经抢占先机，在河流右边寻得一处顺风顺水的宝地，持续保持一种领先地位。此时澳大利亚队有两个选择：一、沿着美国队的轨迹，等待其失误，一举超越，但这种情况的出现微乎其微；二、把帆船转到河流左半边行驶，虽然暂时风向不利，但只要风向转变，反而能获得占据有利河道的先机。但是转往左半边，无异于一场赌博，如果风向不改变，澳大利亚队会落得越来越远。

澳大利亚队的船长勃兰特在跟随了美国队一段距离以后，根据自己对天气观测的经验，判断风向将有可能改变。他果断下令，将船只靠往河流左岸，并等待风向的改变。这时奇迹真的出现了，风向转变了！澳大利亚队很快追上了美国队并以领先1分47秒的巨大优势赢得了这场比赛。

第二名策略上的主动

其实，在博弈论中，有这样一个“效仿第二名”的假设：如果你是第一名，你去模仿第二名的策略，你就能保持领先地位。假使美国队在发现澳大利亚队将帆船转向左侧的时候，也随之调整到左侧，仍然是领先地位；当风向转变时，也会将澳大利亚队抛在身后。

第一名常常存在一个“心理疏忽”——他们认为第二名的能力不够或者运气不佳，或者认为第二名正在采取的是一种“愚蠢”的策略，因此他们是不会牺牲优势地位来效仿第二名的。

而第二名能够超过第一名的机会也就在于此。这时，如果他改变策略，冒险改变航道，就有可能一举超过第一名。因此，第二名的暂时劣势，反而给他带来一种策略上的主动，往往能够创造出不一样的结果。

当然，在美洲杯帆船决赛这样只有两个竞赛者的比赛中，第二名是不必要考虑第三名和第四名的策略的。如果加上了第三名和第四名，情况也许会完全不同。赛车就是一个多人的策略博弈，在一场赛车比赛中，第二名不仅要考虑第一名的领先地位，还要担心第三名、第四名采取什么样的策略。

看不见的含量

文/韩垒

我认识一位叫威廉的英国小伙子，他特别喜欢中国的京剧，不远万里，从英国赶来学习京剧。威廉来中国跟随一位京剧老师学习，除去上课的时间之外，其余的时间几乎全部用来学习京剧。

威廉很努力，花了三年的时间，学得认认真真，甚至有很多次催着老师教他，把老师累得半死，可结果也就学个一星半点，咿咿哇哇半天，要么就是音不对，要么就是腔不对。上台迈脚，总也不对路数，自己着急，老师也跟着着急。

希腊有一种精美的绣花手巾，白色的布品织上蕾丝般的花纹图案，非常美丽。桌巾、床单、围裙，还有小件的手帕、头巾等，有种希腊特有的白色美感。希腊奥运会期间，一个朋友到那里去，喜欢上了这种手工艺，努力学习这种绣花手艺。由于时间有限，她购买了一本学习这种绣花手艺的书籍，又找了一个懂希腊语的朋友帮忙翻译成中文。

然而，两年过去了，她依旧是只掌握一点皮毛。绣出来的东西无论如何也无法达到那个标准，大家都不知道是差在哪里，最后只好放弃。

20世纪80年代，英国科学家提出了一个名词：看不见含量。正是看不见含量的存在，影响着同一事物的不同结果。比如，威廉学习京剧、朋友学习绣花技术，之所以同样的努力达不到相同的效果，就是因为不同的文化背景、人文素质甚至世界观与潜意识起着决定作用。在事物的表层，这些因素却是无法洞察的。同样的表层现象，内涵却有着天壤之别，其中的差距甚至是致命的。

以京剧为例，在学唱京剧的过程中，京剧人的大脑里，始终装满了京剧的传统艺术，血液里流淌着京剧的神韵，有一种潜在的京剧风韵指挥着他们。而没有潜意识中的神韵意识，充其量只能是模仿，模仿得再像，也存在着巨大的差距。

当今科学的发展，让许多领域都已经无秘密可言。然而同样的产品，同样的技术，仍然存在着很大的差别。

正像有人说的那样：东和西，到底有多远，谁也不知道。其实这是一个用心的问题，心差多远，东和西就差了多远。

日常生活中，我们的眼睛所能看见的东西毕竟是有限的。许多看不见的含量，才是决定事物或某项艺术的最终因素。

抄句子

由于我们过于习惯在别人面前戴面具，因此最后导致在自己面前伪装自己。

——徐志摩

人们常常把一些小事抛在脑后，但这些微不足道的小事却一点一滴形成一条链子，将你牢牢与过去连在一起。

——[法]马克·李维

诺言虽然美味，一下子就受潮；真话难以下咽，却一辈子受用。

——[日]东野圭吾

气温和谋杀案

文／岑　嵘

推理小说《无证之罪》讲的是发生在杭州的一连串谋杀案，当它拍成电视剧时，地点移到了哈尔滨，阴冷的天气似乎和谋杀案的气氛更为贴近。

犯罪影视作品选择寒冷的城市可不是个案，比如东野圭吾的《嫌疑人X的献身》改编的同名电影，以及《白日焰火》，拍摄地点都在寒冷的哈尔滨，或许是导演都觉得这种冷冽肃杀的环境更能表达谋杀案的冷酷和罪恶。同样在美剧《冰血暴》中，一个白雪茫茫的冰冷美国小镇Fargo镇，发生着各种血腥的犯罪和谋杀。

那是不是寒冷的地方更容易产生谋杀和暴力事件呢？

真实的情况可能刚好相反。在芝加哥，暴力犯罪尤其是谋杀，在天气变热时达到高峰。“枪击事件在冬天的发生率一路下滑，几乎不到夏天案件数量的一半。”美国的一位数据分析师查理·兰斯福说，“天气看来确实会带来一些影响。要是春天暖和一些的话，我们可以想见枪击事件又会攀升。”

美国经济学家马修·兰森对联邦调查局的犯罪报告数据进行了分析，他汇总了美国近3000个县从1980年到2009年间警方的罪案记录。兰森将这些记录与天气信息联系起来，研究罪案如何随每日最高气温的波动而发生变化。他得出的结论是犯罪和气温显著相关，气温越高，犯罪率也越高，由此他制订了气温模型来预测犯罪率。

斯坦福大学的研究员马歇尔·伯克也持同样观点：气候变化和暴力冲突之间存在显著相关的关系。在考虑了所有因素后，伯克等人发现在温度和冲突的增加之间有着令人信服的证据。在美国，每升温一摄氏度的情况下，伯克预计会有1%的人际冲突的增加，包括抢劫这类的犯罪。

加州大学伯克利分校的研究团队也得出类似的结果，他们发现犯罪率与高温（还有极端降雨）有关。对于每个标准差带来的是惊人的14%的集团间犯罪率的变化，而个人犯罪率（包括强暴和家庭暴力）增加了4%。

美国《科学》杂志曾发表一项由普林斯顿大学等联合研究关于暴力冲突与气候的关系问题的成果。这项研究表明：高温导致美国以及其他富裕国家犯罪率上升，就算只有小部分的人暴露在高温环境下生活和工作，也会导致当地出现更具有侵略性和暴力的行为。

在大多数谋杀案件中，凶手的作案动机都是来自报复。美国杜克大学富卡商学院的理查德·拉里克及同事做过一项有趣的调查，他们观察自1952年起美国职业棒球联赛的每一场比赛，留心报复性投球行为的发生。每个赛季大概会有19万次击球，其中约有1550次以投手砸到对方击球员而告终。将比赛数据与天气数据相叠加，结果发现：在35℃气温下，击球员因为投手的报复性投球而被打中的概率高达27%，而在13℃时这个概率只有22%。

拉里克说：“气温能让一种特别的攻击性行为变强，那就是报复。”

一起读

貌似优雅的文明，远远没有给我们带来舒心的自由，它在我们身上培植起来的每一种“力”，不但没有使我们变得强悍和健康，反而为我们滋生出无数的新的需要，这些新的迫切的需要甚至走上了贪婪的边缘。在我们身上被逐渐加码起来的物质追求，已经变为了一副沉重的枷锁，将我们束缚得越来越心惊胆战；生怕会失去什么的恐惧，时时萦绕在我们的身边，其剧烈的程度甚至窒息了要求上进的热烈冲动。于是，无奈的人们，只有选择逆来顺受这个无奈的准则，并把它看作是当下生活的最高智慧。

——［德］席勒《物质的枷锁》

你们的友谊，已被科学证明

文/张 燕

俗话说：物以类聚，人以群分。朋友之间，总能找出各式各样的相似点来。

友谊引发的“化学反应”

社交网络的兴起，为研究朋友之间相似性的关系提供了更便捷的渠道，但要区分“评论之交”“点赞之交”还是更深层次的友谊，并不容易。因此研究人员还是从现实的社交圈子开始入手。

美国加州大学洛杉矶分校的认知学家卡洛琳·帕金森选取了达特茅斯商学院的279名学生为研究对象，观察他们观看视频时的神经反应，以相似度与他们间关系的密切程度做对比研究。

这些学生都相互认识，有些还住在同一个宿舍，他们被要求填写了调查问卷，内容包括与哪些同学交往，比如一起吃饭、看电影，或是邀请回家等。根据调查，研究人员绘制出了连接程度不同的社交网络：朋友、朋友的朋友、三度朋友等不同的疏密层次。

随后，学生们被邀请参与脑部扫描。在学生观看一系列有长有短的视频片段的同时，一台设备会追踪他们大脑的血液流动情况，这是神经活动的一种衡量方式。

通过对学生大脑扫描的分析，帕金森和同事们发现，血液流动的模式与不同参与者之间的友谊程度存在高度相关性。

帕金森的研究团队将他们的成果发表在《自然通讯》上，这项研究表明友谊不只是拥有共同的兴趣或是在社交媒体个人资料中勾选过多少相应的选项，而且与友谊引发的“化学反应”有关，并且这种“化学反应”还能带来“血浓于水”的效果。

相互影响，情感相通

研究人员甚至精确定位出了人的大脑中能显示朋友间模式一致性的区域，下前脑负责奖励处理的伏隔核，以及位于大脑顶部和后部的顶上小叶，这个区域决定大脑如何分配对外部环境的注意力。也负责处理朋友们的“神同步”。

朋友之间的彼此相似不只停留在一起欢笑一起哭的表面，还存在于他们的大脑结构中。“我们的研究结果表明，朋友在如何关注和看待周围世界等方面是相似的，”帕金森说，“这种共同的处理方式会让人更容易成为朋友，拥有令人感到满足的、彼此契合的社会交往。”

朋友间兴趣不一致的时候，情绪会相互感染，进而实现同调。发表于英国《皇家学会开放科学期刊》中的一项研究指出，人们往往会在倾听陪伴朋友时，也培养自我觉察的能力，并适时消化整理自己的情绪，避免让他人变得不快乐。

这项研究由英国华威大学研究团队主持。研究对象是2194名青少年。研究人员对他们进行家访并让其填写表格，了解他们在校交友情况与情绪状态。

研究显示，一个人的情绪会受身边人的情绪影响，所以应多交积极乐观的朋友，在相互影响下大家的情绪状态会更好一些。

从这个角度看，即使你有一个伪球迷朋友，但多叫他一起看球，多告诉他比赛中表现出的团队精神和拼搏意志等“正能量”，那么，比赛看多了，也会将其潜移默化成真球迷，到时大家就能更加开心地一起看球了。

懒人的『秘密』

文/李伊然

随着时代的发展，我们的生活节奏也越来越快，“懒”似乎褪去了原本的狭义概念，成为享受慢生活的代名词。不过面对激烈的竞争，我们没有资格“懒”。我们急着吃饭、赶路，生怕浪费时间；我们熬夜学习、工作，生怕落于人后；我们整天刷着手机、电脑，生怕错过社会的热点新闻，会与小伙伴聊不到一起，却没有耐心去消化一篇文章。我们甚至对这种快节奏生活形成了依赖，就像上瘾一样，沉溺其中。

然而，研究表明，快节奏的生活不利于身心健康。心理学家罗伯特·莱文博士在1999年的一项研究中通过测量人们走路的速度等方面分析了31个国家的生活节奏。他发现，生活节奏最快的国家，冠心病的发病率也最高。2006年，英国心理学家理查德·怀斯曼教授通过简单地测量步行速度来重复这个实验时，他发现，快节奏的生活就像鞭子一样抽打着人们前进，人的精神状态长期处于一种紧张、亢奋的状态，便容易出现问题。

确实，学习、工作很重要，但它们都不是我们生活的全部。我们不妨放慢生活的节奏，享受“懒人”生活，学会在工作与玩乐之间保持平衡。或许首先需要做的事情是减少我们每天花在手机上的时间。随着社会的重视，以后的设备可能会有内置的限制，通过允许用户监控在设备和应用上花费的时间，来限制对手机的依赖。

此外，在吃饭、走路等方面放慢速度也是不错的方法。根据一项针对约6万人进行的研究表明，那些吃得慢或者以正常速度进食的人比那些狼吞虎咽的人更不容易超重。因为我们的身体反馈机制需要15到20分钟才能告诉我们已经吃饱了，所以吃得更慢给了我们更多的机会让它发挥作用。

忙里偷闲的小憩也有好处。时间是很宝贵，但是工作时间越长，就意味着做得越多吗？

答案是不一定。实际上，任何生物都必须在能量消耗和摄入之间保持平衡。我们的大脑就像一台机器，如果不加休息地长时间工作，可能会带来适得其反的效果。研究人员通过使用生产力分析软件（Desk-Time）分析数据表明，最出色的员工往往是倾向于在“52+17”模式下工作的人，即52分钟专心于工作，17分钟则用于休息。

此外，一篇发表在《英国皇家学会会报》上的研究报告指出，有些物种可能会尽可能地从“偷懒”行为中得到最大的好处，进化过程中这些物种更有可能继续存活下来，而那些新陈代谢率较高（即消耗能量多）的物种则可能会灭绝。道理其实很简单，“偷懒”的生物能量维持需求较低，消耗能量少，当然会更容易生存下来。

那么，在小憩期间我们可以做些什么？短暂的睡眠会很有帮助，这有利于调节人体机能，给大脑“充电”，从而提高工作效率。在一项研究中，研究人员发现，午餐之后午休的人，在解答数学题等高智力测试中头脑更灵活，而且一定时间的午睡甚至可能有助于减轻体重。此外，看看轻松愉快的图片或者笑话故事也有助于缓解人的情绪，恢复人体机能。

如此看来，“懒”似乎并没有我们想象中的那么不堪。适当地“偷懒”，可能更有利于恢复身体机能，从而更高效率地完成任务。

聪明改变厄运

文/晏建怀

宋初赫赫有名的武将中，曹翰是非常特别的一位。说他特别，盖因这样一位长于横刀立马冲锋陷阵的猛将军，不但有武将的粗犷豪爽，还有文人的缜密细腻；不但会行军打仗，而且擅长在波谲云诡的官场中巧妙周旋，常常化被动为主动，出奇制胜。

曹翰，小吏出身，先仕后周，再仕北宋，是宋太祖、宋太宗手下一员虎将。宋人吴处厚的《青箱杂记》记载，曹翰曾参与征伐西蜀、北汉、南唐之战，多次随宋太祖、宋太宗亲征，为北宋政权的建立和统一立下了汗马功劳。后来宋太宗论功行赏，战功无数的曹翰却只得到一个负责宫廷禁卫的小官。而且一干就是多年。对此，曹翰颇有怨气。不过，他没有在同僚间唠叨，或在皇帝面前直陈抱怨，而是把这种怨气藏匿内心，等待机会。

一次，宋太宗组织“赏花钓鱼宴”，召集宰相、翰林学士等以文人为主体的大臣和近侍，到宫苑之中宴饮，并要求大家依韵赋诗。这种君臣同乐而且能拉近关系的雅聚，却有一个令人沮丧的规定：武将不能参加。曹翰为此单独拜见宋太宗，请求说：“臣很小的时候就开始习诗，请恩准预宴。”

宋太宗见一武将主动要求参加吟诗作赋的文人宴聚，既觉意外，又忍俊不禁，便笑呵呵地特许他参宴，并交代说：“卿乃武人，就以‘刀’字为韵。”曹翰领命，援笔立就：“三十年前学六韬，英名常得预时髦。曾因国难披金甲，不为家贫卖宝刀。臂健尚嫌弓力软，眼明犹识阵云高。庭前昨夜秋风起，羞见盘花旧战袍。”诗歌回顾了自己的戎马生涯，表达了宝刀不老的壮志豪情，也隐约透露出颇不得志的酸楚。宋太宗阅后，沉吟良久。随后，将曹翰连升数级，后来还到地方出任节度使，显赫一时。

宋人江少虞《宋朝事实类苑》也载一事说，曹翰任地方节度使多年，颇有征敛之酷，又倒卖兵器，终于被人告发，按律当斩，宋太宗念其有功于朝，饶其死罪，将他削去官爵，发配汝州。在宋太宗看来，处理已经是相当轻了，对于官至封疆大吏的曹翰来说，却是一落千丈。因此，在汝州服刑的那些日子，曹翰度日如年。

服刑几年后，宫中一内侍因公去洛阳，顺路去汝州探望了曹翰。曹翰见到内侍，痛哭流涕地说：“我罪孽深重，感谢皇上不杀之恩，我一定好好改造，不负圣恩。有一小事相求，我服罪期间，断了生计。我有旧衣一件，能否请您帮我换十千钱，以解燃眉之急？”内侍答应了他的请求。

内侍回京复命之后，也按规矩向宋太宗报告了曹翰的情况。当说到以旧衣换钱之事时，宋太宗让内侍赶快拿出旧衣，展开一看，只见衣上画着一幅画，画下题有“江南图”三字。宋太宗睹画思人，立刻想起当年收复南唐，作为先锋的曹翰攻城略地、英勇杀敌，那场景还历历在目。于是，宋太宗马上赦免曹翰，重新起用为右千牛卫大将军，不久又升左千牛卫上将军。淳化三年（公元992年），曹翰去世，宋太宗还追赠他为太尉。

的确，曹翰要比一般的赳赳武夫“聪明”许多，他的“聪明”不但带来了官运，而且改变了厄运，实现了再度荣华，高位善终。

烤肉与烤肉，是不同的

文/张佳玮

土耳其的许多东西，并非土耳其自产。比如土耳其浴本是罗马人的习惯，1453年君士坦丁堡被土耳其人拿下改成伊斯坦布尔，萧规曹随开始洗澡，西欧人尤其是英国人便管那叫土耳其浴，很有数典忘祖的嫌疑。土耳其烤肉也不是土耳其习俗。土耳其旋转烤肉，现在流行于欧洲。抹足中东香料，随转随烤随割。所以每一片割下来的肉都火候扎实、味道鲜美，只是容易腻。懂行的烤肉馆子会放上自制酸奶酱，再聪明一点的会自制泡菜。

韩国烤肉看来粗犷，其实很有讲究。好的韩国烤肉讲究五花带骨。肉也不是上火硬烤的：三层肉切薄，下韩国老式的法酒搅拌，加酱油和糖——最好是麦芽糖——然后葱蒜白芝麻和芝麻油一起上。大力搅拌入味。年轻人喜欢搅拌完直接烤，老人家信奉要这么腌三天的。烤了之后，就是生菜卷来吃了，讲究点的韩国人另有蘸酱：苹果、柑橘、柠檬汁，取其清爽。

日本人烤肉最流行的是烧鸟（yakitori）。说来也就是鸡肉穿好，抹甜酱油来烤；讲究一点的做法，是鸡肉、日本酒与盐先腌过，蘸上酱料，为免油腻，酱料里有放山葵的，烤完后有下葱白的。烤鳗鱼是日本国技，说来神乎其神，连切带穿都要学几年，烤更是要学一辈子。说来也不易：鳗鱼滑溜溜，关西和关东切开方式还不同——因为某些老日本人忌讳，觉得切鳗鱼仿佛剖腹，不吉利——切开穿好，上了酱汁，烤。

先头说土耳其人旋转烤肉，现在改得文明健康了，都用发热电炉焖烤；年轻人觉得健康卫生，老年人大叹失了旧风俗。我以前不懂，后来懂了。电炉焖烤，仿佛焖炉烤鸭，香，但不脆；烤肉需要见了明火，表面才有美拉德效应的焦脆感，别有风味。日本人用炭火烤鳗鱼，鳗鱼脂肪熔化滴落炭火，再被蒸发回来，如此循环，除了烤味，还有熏味，味道格外微妙。明火烤的鳗鱼配山椒与白饭，味道极鲜明丰满。意大利人似乎对明火烤格外在意。各色意大利馆子都会在菜单上标明“木柴炉烤”，恨不得请你去厨房看一眼木柴才罢。意大利乡下菜的确仰仗木柴：烤鱼，有明火和木柴，可以烤出焦脆的鱼皮，鱼肉也炙得入味，紧实鲜美；烤比萨，更加是木柴烤的天然高人一等，薄而精致，脆香入骨。

欧洲人吃牛排，口味大多偏生。这也不奇怪：法国人吃鸭子、吃兔子，酱料里有鸭血或兔血才够深度。我在佛罗伦萨吃过一次大T骨牛排，才懂其中妙处。表面明火烤得乌黑，一刀下去，只见肉被烤到分层，黑灰白红，五彩缤纷。外头香脆，下一层柔韧；再下头还渗血丝，肉汁与鲜味都被锁住，一言难尽的深邃。

中国人对这种烤法有点敏感，却也难怪。毕竟东西方人对蛋白质的代谢方式不大一样，吃了容易闹肚子；而且中国人烤肉时下料比欧洲人凶猛，大概觉得不下猛料压不住肉本身的腥膻。《红楼梦》里林黛玉看史湘云们策划烤鹿肉，只敢咏咏笑；我跟法国人说这故事，他们也理解，“鹿有腥味，一般女孩子都受不住！”

但肉其实别有吃法。巴黎共和国广场附近有一家馆子叫“Melt”，据说是个比利时人和一个得克萨斯人合开的，里头做法很是奇怪：吹嘘自家牛排是花十小时烤的，最长可以烤十五小时。广东老火汤炖十五个小时我是信的，肉烤上十五小时还能吃吗？——我去吃了，还真行：火候把握得好，肉是正正经经被烤得酥烂，不用刀，用叉子一撕就开，真正入口即化。脂肪厚的金枪鱼刺身与烤到透的牛肉，生熟两个极端，但入口即化的这点黯然销魂感，那是差不多的。

这个国家只有1/5个足球场大

文/公路商店

西兰公国是英吉利海峡里的钉子户，已经和7千米远的英国对峙了50年。公国的观光客先被直升机吊着入境，然后用接下来的5分钟逛完整个国家。公国的总面积不到1/5个足球场，看起来更像一座腐蚀掉的海上石油钻井平台。

西兰公国可能是世界上最小的主权实体，领土只有一座叫“怒涛塔”的海上碉堡。但迈克•贝茨坚持宣称“海上公国拥有全方位海景，是地球上最宜居的国家”。他从病退的父亲罗伊·贝茨亲王那里继承家族遗产，在1999年开始经营这个袖珍国家。

2007年1月，《泰晤士报》刊登了一条特别的广告：“只要愿意出价8位数英镑或者更多钱，即可拥有海景一览无余、隐私绝对有保障，同时又是避税天堂的西兰公国。”越来越多的博彩公司通过“西兰公国”的服务器进行着巨额交易，西兰公国宪法规定只要不涉及恐怖主义等少数几项活动，任何生意都允许进行，公民不接受任何其他国家的传票。

为了坐实“主权”，罗伊亲王自从1967年夺岛，接下来的半辈子都在守卫他的王国。1990年，叱咤风云的英国皇家海军辅助船“黄金眼号”遭到西兰公国猛烈的火力反击，便将西兰公国告上法庭。英国法官做出了有利于罗伊的判决，称英国政府只对沿海3英里内的海域具有控制权，而“怒涛塔”平台在距海岸7英里处，不属英国政府管辖。罗伊亲王将这次判决视为英国政府对西兰公国的默认存在，连续定制出了西兰公国的邮票、护照、国歌、国旗以及货币，甚至还有汽车牌照，和一支由所有王室家庭成员组成的国家足球队。

西兰公国平台通过卖地卖官来维持运转，可以满足你掏一星期生活费当永生贵族的奢望。西兰公国出售的爵位分伯爵、男爵和领主三等；土地一平方英尺300元人民币，差不多是网吧电脑屏幕的大小。购买后你就会收到一张土地证，上面有经纬度，写着国王签署的证明。尽管不能去那个地方看看，但你知道在遥远地球另一边的某个炕上已经留有一席之地了。

不过，购买西兰公国爵位和护照需要十分小心，因为曾经策反绑架迈克的西兰首相被驱逐，建立了一个西兰海外流亡政府和罗伊亲王对抗，向世界发放了至少15万本西兰公国假护照。

如今元首们和迈克王子每天都在英国吃喝玩乐，动不动要站出来找英国宣示下主权，抱怨有人冒充西兰公国王子出来骗投资。他们确实给人发放过正版的护照，不过只有50本。曾经一次50人一起站在他们的国土上，在西兰公国的历史上，算是第一个人口高峰了。

迈克王子告诉记者：“我遇到过无数口口声声要加入西兰公国的女孩，她们最后留学都去了新西兰，没有什么比现实的优渥更有吸引力，她们肯定不是真的贵族。”迈克哼起西兰的国歌《自由！来自大海》，从北海里的钢铁壁垒中破浪而去，海风拂起他略秃的额发，有一点像冲向风车的堂吉诃德。

一起读

传统观念把世界看成一块大小固定的饼，隐藏的假设就是世界上只有两种资源：原材料和能源。

但事实上，资源有三种：原材料、能源和知识。原材料和能源取之有尽，用得越多，剩下的就越少；但知识是不断增长的，用得越多，反而拥有越多。

而且，随着知识的不断增长，还能带来更多原材料和能源。

——[法]雅克·阿塔利《知识无穷尽》

麻婆豆腐是如何成为日本“网红”的

文/徐航明

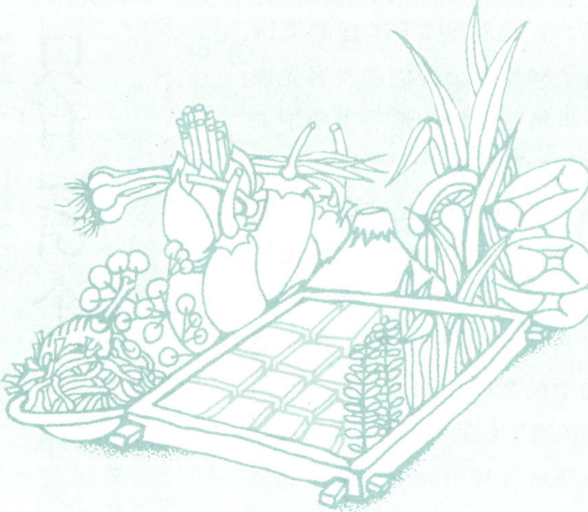

刚到日本时，就感觉出麻婆豆腐在日本的超高人气，可以算得上是在日本最受欢迎的中华料理。生活久了之后，我发现麻婆豆腐在日本发展的深度和广度很不寻常，而且热度历经数十年不减，远远超出我的想象。

如果在日本最大的菜谱检索网站CookPad里输入“麻婆豆腐”一词，会出现近一万条检索目录，大多是由专业料理研究家和家庭主妇自主投稿的麻婆豆腐相关菜谱——没错，麻婆豆腐不仅是日本货真价实的“网红”，而且已经被善于举一反三的日本人发展成了一门博大精深的“料理学”。

细读这些菜谱，发现有与西餐料理方式结合，在其中加入奶酪和西红柿的，也有融合日本料理手段，加入日本独有的味噌的，还有面向老人儿童更营养和清淡的做法，在花样上比中国版“本尊”有过之而无不及。

追本溯源的话，麻婆豆腐是20世纪60年代由四川人陈建民在NHK（日本放送协会）电视台的《今日料理》节目中最先介绍给日本人的。一开始，它并没有引起太多注意，而且即使日本人想做，也很难买到花椒和豆瓣酱等必需的调料。

一家日本食品公司看到这个节目后产生了兴趣，也意识到缺乏调料的问题，于是想到研发一种合成调料的办法。不久后，这家食品公司真的开发出了麻婆豆腐合成调味料，通过在商场示范表演等营销方式逐步打开市场，至今畅销不衰。

在此基础上，更多的日本食品公司开发出了回锅肉、青椒肉丝等经典中国家常菜的合成调味料，在日本市场形成了“中华合成调味料系列”，在超市一般都设有专柜。

近些年来，越来越多的日本人到访中国，直接品尝了中国正宗麻婆豆腐。借此东风，不少精明的四川菜馆来到日本开店，推动了川菜在日本的进一步普及。

近年来，日本甚至形成了一股品尝以麻婆豆腐为代表的各种麻辣饮食的热潮。“全日本麻婆豆腐爱好者联盟”应运而生，定期举办各种推广活动，还与四川饮食界互访互动，为“麻婆豆腐热”进一步“推波助澜”。

富有钻研精神的日本专业厨师也闻风而动。不久前，日本关西饮食文化研究会举办了“麻婆豆腐再构成”的专题研讨会，邀请了日本和法国顶尖厨师各一名，当场烹制了以麻婆豆腐的七大特点“麻、辣、鲜、香、酥、嫩、烫”为起点，同时大胆融入日本和法国料理特色的“国际版”麻婆豆腐。

我第一次意识到，中国人眼里普通不过的麻婆豆腐，原来集中国菜的诸多特点于一身，具有与世界其他料理方式融会贯通的潜力。

“mapo”成为世界性词汇的一天，可能已为时不远。

排的不是队，是不列颠之光

文/唐　夏

来英国不久，所谓的英伦风情还没领略几分，倒是先对英式排队有了深切的体悟。因为只要你待在英国，就免不了排队。天天排，事事排，一言不合就排队。当然，排队是美德。英国人民排起队来，尤其有观赏性。不但自觉自愿、秩序一流，而且颇有耐心，甭管怎么排，都很少有人焦躁催促，心态好得出奇。

然而英式排队也有个大槽点——秩序有多好，效率就有多低。低到什么水平呢？我觉得孟夫子要是生在英国，可能会说“天将降大任于是人也，必先让其排队”。

前两天，我刚刚经历了一次典型的英式排队。因为搬了家，需要改银行注册地址，但由于神秘的技术原因，在线更改失败，只好跑趟银行。为了逃避排队魔咒，特意挑了个中午。一进门，果然人不多，大堂经理笑脸相迎，询问来意后，亲切地领我到办理此项业务的柜台，还指给我看：前面只有两个人哟，很快的！这里需要插一句——典型的英式排队，不仅排队的人秩序好，工作人员的服务态度也十足好，弄得你都不好意思抱怨什么。

但人有时候就是这么不走运：我前面那两位，也不知道办的是啥复杂业务，各自耗了20多分钟。在这近一个小时里，我身后又陆续排了好几个人。百无聊赖中观望了一下，排队群众情绪十分稳定，该看书看书，该聊天聊天，彼此保持着礼貌的个人距离。其间其他柜台的工作人员经过，热心问我们办什么业务，听毕露出爱莫能助的表情，表示这些臣妾都管不了啊，各位还是继续排吧。过了仿佛一个世纪，终于排到我，两分钟搞定。这大概就是传说中的“办事两分钟，排队一小时”吧……

当然，公平地说，全世界人民都会经历银行排队，在国内可能排得更久。但起码我们有“叫号”这个伟大发明，不用直挺挺地站在那儿干等。更不要说越来越多的业务可以通过手机或网银解决，能不排队就不排队。

但我怀疑，即使英国人民引进了“叫号”科技，也不会放弃排队这一崇高的行为。因为他们不但善于排队，简直是热爱排队——只要把一群英国人撮堆放到一起，他们就会自动分布成线形。排队这件事在英国人心中的地位，大概等同英式下午茶和标准伦敦音，乃是英伦名产、不列颠之光。

就拿一年一度的温布尔登网球锦标赛来说，值得围观的不只是比赛，还有令人叹为观止的排队艺术。那排队声势不是一般浩大，年年有好几千人自带帐篷在现场安营扎寨，排个两三天买张门票十分寻常。

老实说，数千人露营排队，秩序井然且自得其乐，还是蛮让人佩服的。但对我这样的外国人而言，除了佩服，更觉得难以理解：有必要搞成这样吗？都什么年代了，网络支付这么发达；就算排队不可避免，总可以简化一下程序，节约一点时间。然而英国媒体振振有词：“温网”排队买票，那可是能追溯到1927年的光荣传统，是“温网”盛事不可分割的一部分。排的不是队，排的是大英之历史、国民之自豪。说到这个份儿上，就没啥可争的了。一句话，亲，想修身养性、磨炼耐性吗？来英国排队吧。

关于友情，这是我听过最扎心的答案

文/《意林》图书部

大家好，今天，小编想跟大家聊点走心的话题——关于友情。

微博上有一段很火的话："友情里最让人唏嘘的就是，我把你当唯一，你却把我当其中之一。你已经有了新的圈子，而我还停留在原地。"友情似蜜柚，时而甜蜜，时而苦涩，不管怎样都是青春最宝贵的回忆。

夏殇

更多的是自己后知后觉，自己一厢情愿地觉得无悔，毕竟用心对待了，感谢当时认清后的自己立马放手，让我遇到了另一段珍贵的友情。

小编：已经失去的不再怀念，因为你值得更好的。

四月萱草

我每次和她一起玩，她的另一个好朋友来了，她就不理我了。

小编：真正的好朋友是不会不在乎你的感受的。

茉莉

曾经看到一句话：宁可高傲到发霉，也不死缠到发疯。友谊不是一个人努力就会长久，既然心已经离开，那就早点释怀。

小编：说得好，奖你一朵小红花！

你好，明天

我和她曾经是最好最好的朋友，但另一个人和她成了朋友，手拉着手走在路上，我却在暗自伤心……

小编：乖，摸摸头。

NATURE

和现在的好朋友已经一起玩耍三年了，从四年级开始到初一。即使初中分开了，但我们一直保持着联系。还记得曾经，我们是对同一本书感兴趣，在一起共同阅读，共同交流读后的感受。就这样日复一日，我们在一起读书久了就成了知心的好朋友，现在想来我们的友谊是建立在一本书上的！

小编：共同的兴趣是友情的基础，恭喜你，收获了一枚志同道合的闺蜜哦！

行动派钢铁侠

我是有心事喜欢藏在心里的人。而她，总是能细心敏锐地发现我的忧虑。虽然不在一个宿舍，但是她愿意爬五楼，只为了来陪我聊天。想念我们一起看恐怖片，想念我们一起跳舞，想念我们一起讨论喜欢的东西，想念我心情不好她马上拉我出去，想念逛街穿高跟鞋我脚疼立马和我换鞋子的她……许久不联系，未曾生疏。我们在各自心中的位置，无可替代。

小编：友情最好的样子就是，走过千山万水，你始终都在。

妙妙

曾经，与她是最好的朋友。可，待她有了别的朋友，却不理我了。我惊，在微信、在身边，我好说歹说，她回——我正常对待你。而我曾经的地位，已被一个她曾讨厌的人取代。

小编：没关系，做好自己，一定会遇见更好的朋友。